先人群像七話《ななつばなし》

三百年前の金沢で

かつお きんや

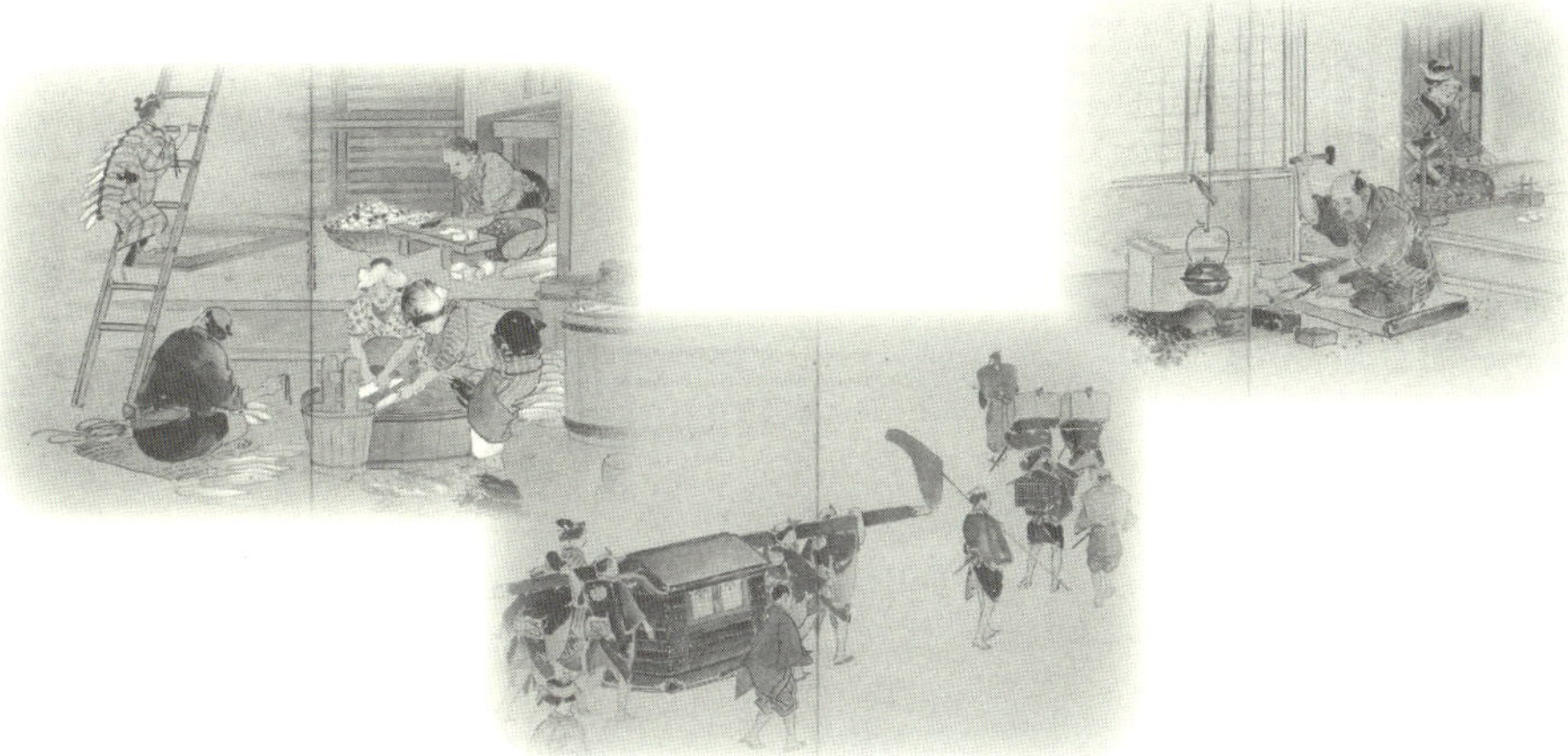

能登印刷出版部

目次

●背景の古絵図は金沢市立図書館所蔵の「金府大絵図」で、目次タイトルのある所が各作品の中心舞台を示します。
●本文中扉にある古絵図は、「金府大絵図」より、各作品の舞台となっている所を拡大したものです。

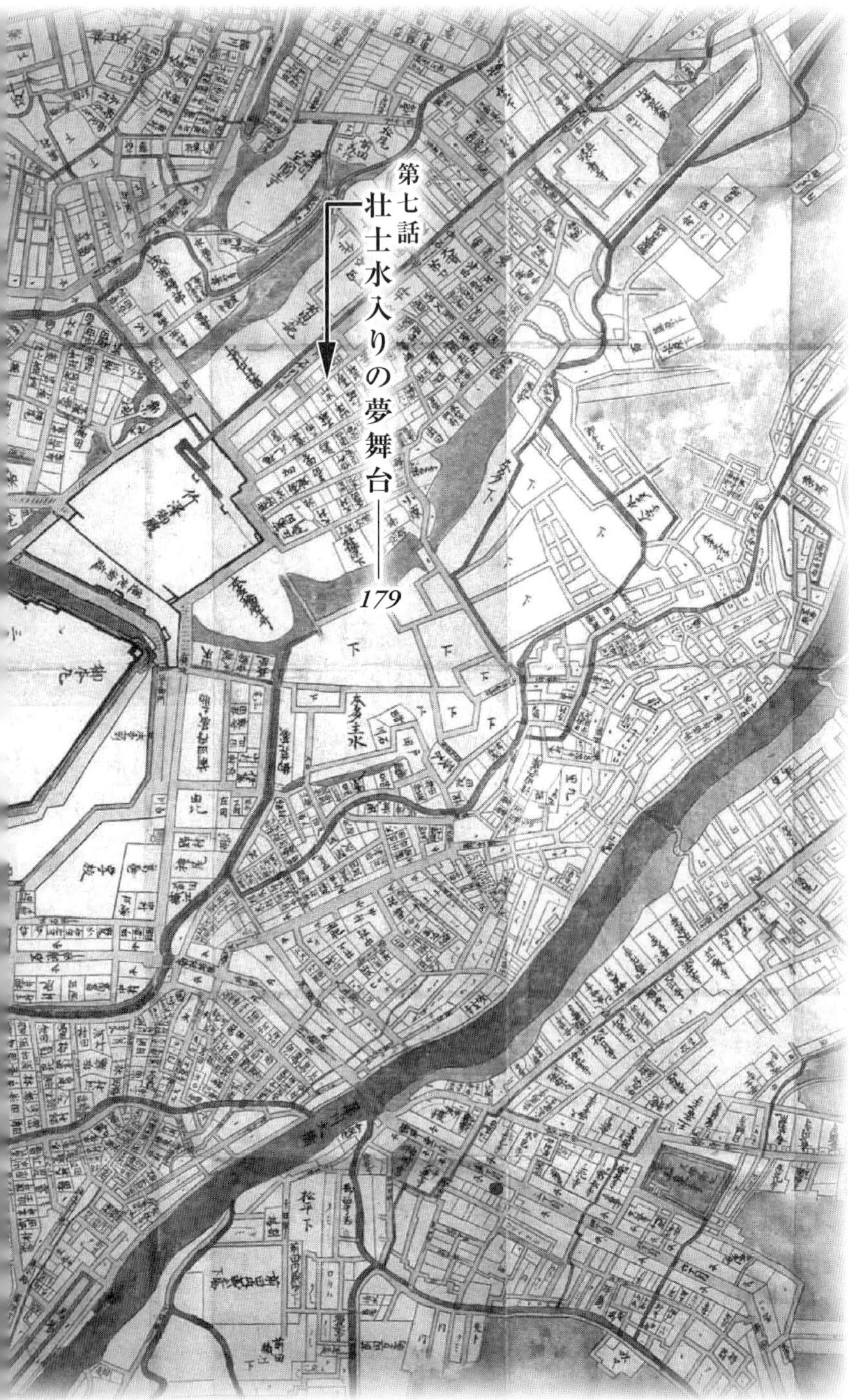

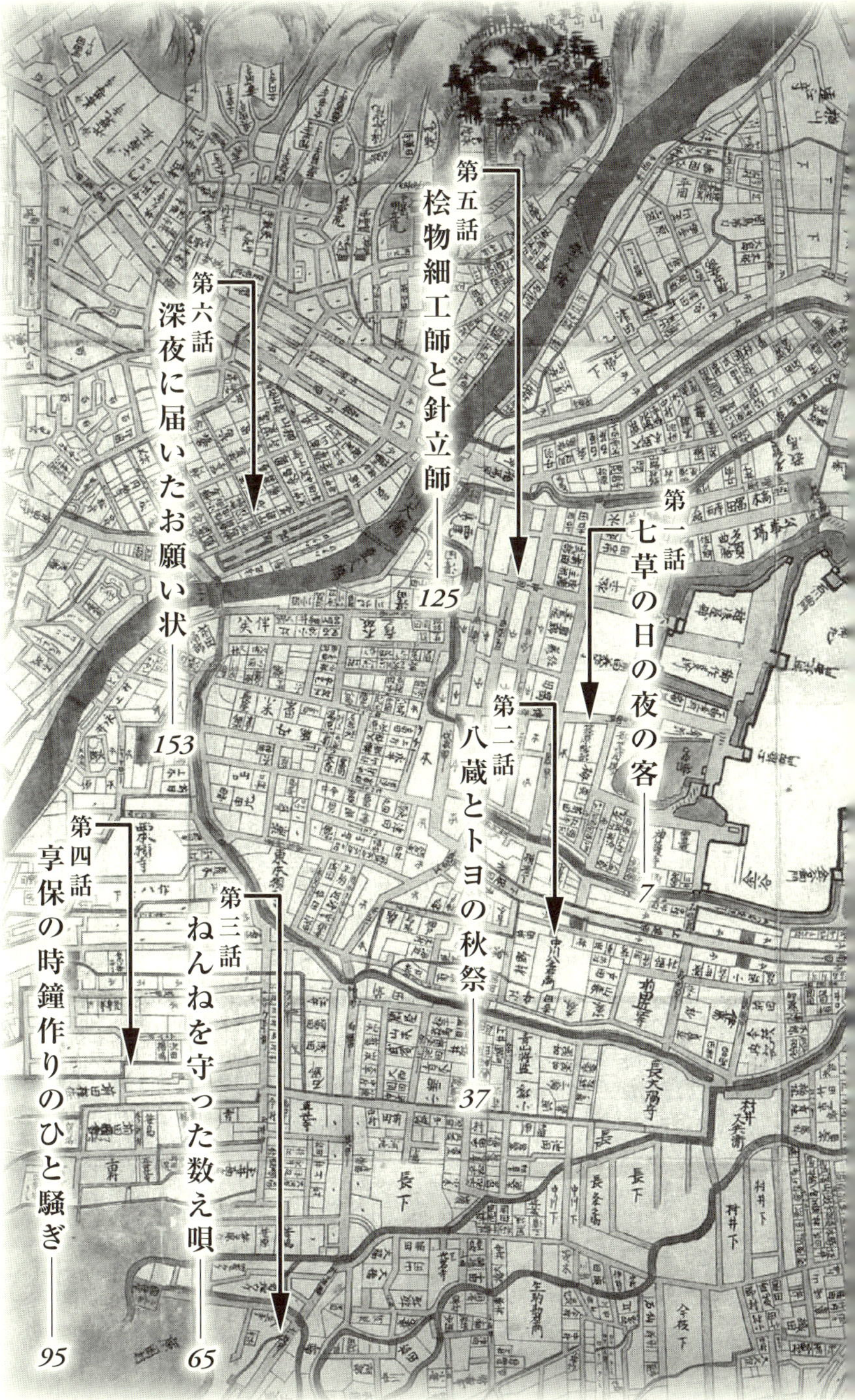

先人群像七話《ななつばなし》——三百年前の金沢で

第一話　七草の日の夜の客

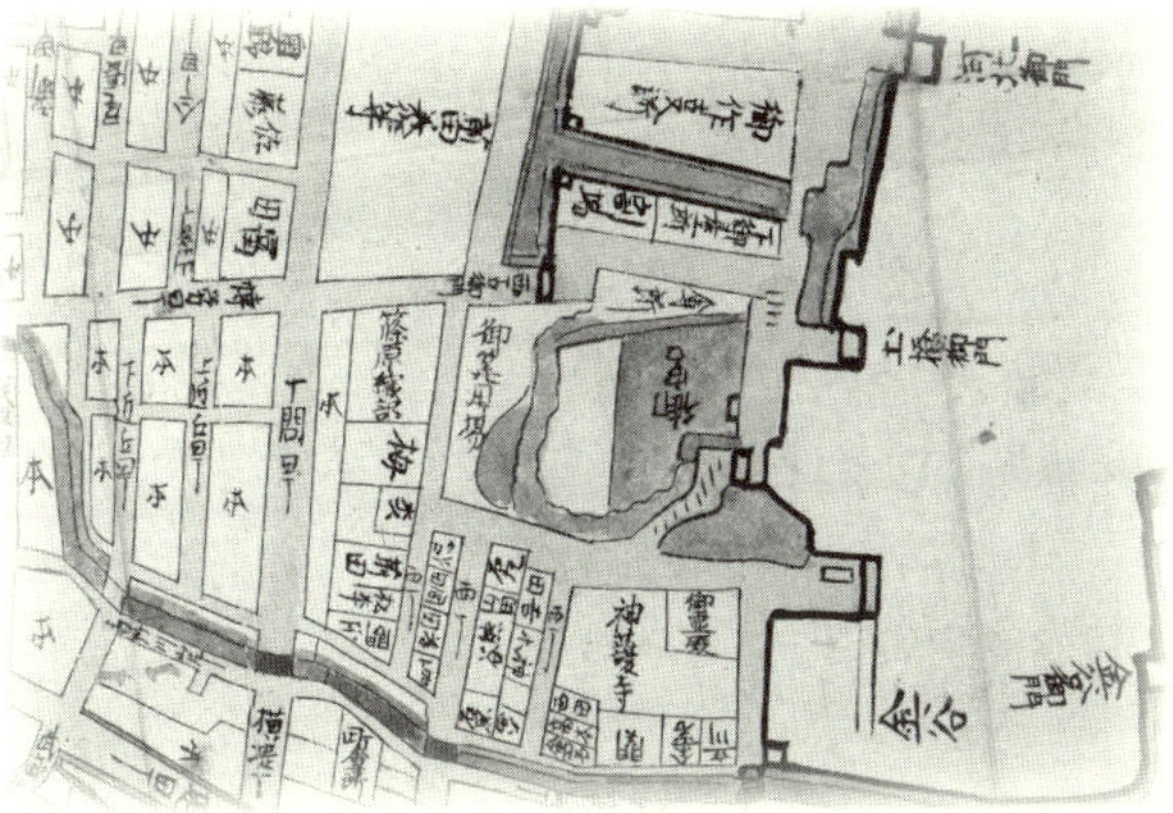

「ねえちゃん、今日から、おら、一人前になるための修行ってやつ、始まるがやぞ」

「ふーん。ちゃわ（あわて者）で手に負えんさかい、お寺にでも連れてかれるがか」

「違うわい。お師匠さんは、うちのじいじやぞ」

「ま、何の修行か分からんけど、どうせ三日ともたんやろ」

と、さかんにやり合っているのは十歳の秀助と二歳上のお清で、今から三百年前の正徳《しょうとく》三年（一七一三）の正月、百万石の城下町金沢のお城のすぐ側の西町に住む、元足軽二木与左衛門の子どもでした。


彼らの家は、藩の作業奉行を勤める四千石の重臣篠原織部の広い屋敷の一隅にあり、この屋敷には、主人織部の立派な邸宅の外、家臣が家族と共に住む家が数軒ありました。

去年の秋にちょっとした理由で足軽をやめさせられた与左衛門がこの地内で正月を迎えられたのは、十年前に隠居した父善兵衛が、篠原家の主事であるご用人さんの一番の相談役として、今もいろいろなご用をやっているからでした。

さて、この一月五日朝四つ（午前十時）、くもり空のピリッと寒い中、「町回りに行くぞ」と祖父に言われて屋敷のご用口を駈け出た秀助は、忽ちお小言をもらいました。

「こら、待たぬか秀助。何ちうあせくらしい（落ちつきのない）奴や」

「ほんでも、おじじ、のろいがやもん」

厚手の着物を兵子帯でしっかり締めて、草履をはいてちょこちょこ動く孫に、閉口しながら足を進める善兵衛は、温かそうな小袖に茶色の羽織をはおり、投げ頭巾をふわっとかぶった道服姿で、見るからにゆったりしています。

善兵衛にしてみれば、年明け早々に孫を連れての町歩きですから、さすがに少々緊張気味ですが、今日の表立っての行先は西町から目と鼻の先の上堤町です。

お屋敷を出て少し西へ行き、惣構《そうがま》え掘の短い橋を渡ると、南北にのびる巾三、四間（約六、七メートル）の道路の両側に、大小さまざまな店屋がずらりと並んでいます。例年より早く先月半ばにどっさり降った雪も、この惣構え掘を利用して仕末したのでしょう、ほとんどありません。

「わしは何より先にご用人さんに頼まれた用事を一つ片付けにゃならんさかい、お前はここでこの辺をよう見とけ」

「ただ見とるだけでいいがけ？」

「ほやな、どんな店があるかとか、何やっとるか、中へ入ってみんと分らん店がないか、そんなとこやな」

そう言うと、五、六軒先の「江戸中使《なかつかい》、竹松屋」という看板が出ている店へ、おじじはすたすたと入って行きました。お屋敷から江戸へ手紙か何かを送る用事があったのでしょう。

残された秀助は指図通りに店々を見ます。金物屋、墨・硯・筆を売る店、呉服屋、葛籠《つづら》屋。これは何と読むか分からなかったが、店内に並んでいる商品を見たら見当がつきました。本屋もすぐ分かったけど、次の店は何と読むのだろうと立ち止まっていると、おじじが出て来ましたから早速聞いてみます。

「おじじ。そこの赤や黒のお椀やお膳なんか売っとる店の名、何て読むが？」

「あれは塗師《ぬし》や。ぬりしともいうて、木地に漆を塗る職人の親方や。ここの奥にゃ何人もの職人衆が親方の下で働いとる」

「うちで使うとるお椀やお盆もこの店から買うたが？」

「ま、こんなような店からやろな」

歩くにつれて本当にいろいろな店があり、人が出入りしています。表具屋、紙合羽屋、樽屋、畳屋、足袋屋、仕立物屋が何軒もあり、本屋が四軒目だなと思った時、声がその中から飛んで来ました。

「おう、善さん、ちょこっと、寄っていかんか」

「うん、わしもそう思うとったとこやったがや、善さん」

聞き違いかと思った秀助が看板を見ると、

「書物商、松原屋善助」と書いてありました。よほど前からの知り合いなのか、新年の挨拶を軽く交わした二人は火鉢をはさんで向かい合い、四方山話を始めました。

こうなったら自分はそこらの本の立ち読みでもするかと、秀助が店内を見回しているのに合わせたようにおかみさんが出て来て、おじじに挨拶をした後、

「ああ、この子が善さんご自慢のお孫さんか。初めまして。あんたお名前は？」

「秀助……です」

「ほうやった。善さんが付けたがやったね。本読むが好き？」

「……す、好き、です」

「あんたにはどんな本がいいかね……」

そこで本屋の善さんが叱りつけます。

「これ！　いつまでグダグダくっちゃべっとるがいや」

「はいはい。ほんなら秀ちゃんにいい物持って来《く》っし、当てにせんと待っとってたい」

そう言って引っこんで行ったおかみさんは、間もなくお盆に赤い塗り椀とお箸をのせて、用心しながら持って来ました。

湯気が白く上って、甘ーい匂いがただよって来ます。

「あわてて口つけて、やけどでもしたらどもならんし、おんぼらーっと（ゆっくり）待っ

てから食《た》んまっし」

たしかに、見るからに熱そうに湯気を立てている、どろっとしたぜんざいを見つめながら待っている秀助の耳に、横の二人の話が聞こえて来ました。どうやら店の善さんは、三月《みつき》ほど前に大聖寺の方で起きた、騒動のくわしい様子を熱っぽく話しているようです。

八月初めに吹き荒れた大風のせいで、農家の人たちがどんなにひどい目にあったかという話を小耳に入れながら、秀助は何回お椀をさわってみたことでしょう。どうにもこうにも我慢し切れなくなって、すすり始めたそのぜんざいのうまいこと。しかも、何とも嬉しいことに、小ぶりではあるもののお餅が三つも入っていたのです。

実は、先ほどからおじじたちの話題にもなっていたことですが、あの八月十日に吹き荒れた大風は、海からまっすぐ吹きつけて来たせいで塩分が非常に強かったらしく、十月になってよい天気が続いたにもかかわらず、稲がさっぱり穂をつけなかったため、十一月、十二月と米の値段がうなぎのぼりに高くなってしまったのです。

そのせいで、秀助たちがお雑煮を食べたのは元日だけで、二日からの主食は麦や稗、粟などに山芋をまぜたものでした。

「ほんでも、こやって食べられるだけ、あんたら、ありがたいと思わにゃバチ当たるぞ」

これが母ちゃんの口癖でした。

そういうわけで秀助はほっぺたが落ちるほどうまいぜんざいを、何の気がねもなくおんぼらーとした気分で食べたのですが、善さん組は客がないのをよいことに茶のみ話に余念がありません。

それで秀助は店の隅っこに置いてあった、ごく小っぽけな「狐のむこ入」という絵本を手に取って読んでみました。

それは、キツネの外にネズミ、牛、虎など十二種類の動物がお祝いに来たりする絵物語で、それぞれの動物のせりふが平がなでのっていましたから、秀助も楽しく読むことができ、もう一度くり返して読もうと思った時、二、三人連れのお客さんが入って来ました。

それで、善さん組も尻を上げて、

「さ、秀助、おいとますっぞ」

「……うん」

と、しぶしぶその絵本を手から離すのを見て善助さんが言いました。

「坊、その豆本《まめ》、わしからのお年玉にすっさかい、持っていくこっちゃ」

「えっ、それ売り物やがいや」と善兵衛じい。

「なーに、わしゃ、こんないさどい（立派な）お年玉もろたさかい、そのお返しや」

そう言って見せてくれた短冊には、筆の運びも鮮やかにこんな句が書いてありました。

――三ケ日、餅の香うすき巳年なり　　風来
――初夢に子らの満腹顔、巳たかりき　　風来

この風来は善兵衛じいの雅号で、この年は巳、ヘビ年でした。

この後、南町に入って秀助がすぐに気づいたのは大きな店が多いことで、道を行き来する人が小さく見えるほどです。中でも目立つのは「魂元丹」と記した金文字の大きな看板を正面玄関の瓦屋根にかかげた店で、

「ここは、お前のお父っつあんが薬種をお納めしとる中屋さんや」

と言いながらおじじは足を止めずに通り過ぎます。そして次に入って行ったのは二、三軒先の「京都中使所、扇子屋」と書かれた店でした。

（あ、ここもご用人さんのご用やな）と足を止めた秀助の目に、その隣の店の看板が飛び込んで来ました。

「諸油問屋、紙屋十市」

（紙屋さんがどうやって油問屋になれたんやろ）

そんなことを思っていると、そこののれんを分けて出て来た細身の侍が、秀助の方を見るとハッとした顔つきですぐそののれんに顔を隠すように後ずさりしました。それと同時に後ろから声がしました。

「さ、行くぞ」

それで秀助はすぐにじいじを追って歩き出しましたから、その侍のことはきれいに忘れてしまいました。

じいじはそれからは何度も立ち止まったりして歩いてくれたので、秀助は上堤町にはなかった干菓子屋とか、仏師、画師、植木屋などの仕事のやり方など、いろいろ教えてもらいました。

「どうや、こうやってゆっくり町の中歩いてみて、何か学べたこと、今まで知らなんだなと思うたこと、なかったかな、秀」

「えー……、この道これまで何べんも通ったけど、こんなにいろんな仕事しとるがやなと分かった」

「うむ、やっぱりお前ははしかい（賢い）な」

しかし、本当はあのぜんざいがうまかったと言いたかった秀助でした。

この日の朝早く、秀助の父与左衛門は、木こりか山男としか見えない格好で、浅野川沿いの道を上流に向かってせっせと歩いていました。この正月の四日間、彼は篠原家の地内に住むことを許されている元足軽として、ご用人さんから次々と言いつけられる雑用を何とかこなしながら、外へ出たくてうずうずしていたのです。

元日には藩の上級の者が揃って藩主に年頭のご挨拶をする年初めの儀式、二日は夕方から城中の能舞台で藩主以下選ばれた者が次々と演じ合う謡初めの儀式、三日は藩主が重臣を引き連れての小立野宝円寺への初詣というように、作事奉行篠原掃部様は連日のご登城でしたし、四日は奉行として奉行所で部下や出入りの町人から年頭の挨拶を受けねばなりませんでした。

しかも、日によって必ず定められた衣裳に変えねばなりませんでしたから、与左衛門だけでなく妻のおキヌまでお屋敷通いの毎日で、ようやく解放されたのは四日の夕方近くでした。

そこでこの日、足の運びも軽やかに田井村から鈴見村へ来た与左衛門は、ここも例年よりずっと雪が少ないのを見てほっと一息つきました。昨日の夕方、南町の中屋から急ぎの連絡があり、二種類の薬草を少しでもよいからぜひ欲しいのだが何とかならないかと言われたので、気分転換も兼ねて取り急ぎ採りに出たのです。

村へ入ってすぐ近くに古くから続いている農家があるのに気づき、一言声をかけると、すぐに主人が顔を見せました。

「まんだ正月最中ながに、もういらしたがけ、ご苦労さんな」

「貧乏性なもんでな。今年もよろしゅうな」

「ほやけど、今年ゃ雪が早かったせいか、イノシシゃ、やたらに気い立っとっさけ、用心しまっし」

こんな親切な声を背に、ゆるやかな斜面を一歩一歩足を踏みしめながらゆっくり上って行きます。

この日、与左衛門がまっ先に狙っていたのはナンテンの実でした。緑の葉が繁る間にそのまっ赤な粒が実りはじめるのは毎年十一月頃で、十二月末にはほとんど散ってしまいます。しかし、去年は、夏以降天候が大幅におかしくなったせいか、町の中の庭に植えてあるナンテンもほとんど実がつかないという異変が起きていたのです。

(たしか去年十二月初めにこの奥に入る途中で、何本か赤い粒がなっとる奴を見た筈やがな……)

こんな時に限って、それがどの辺だったかちっとも思い出せません。目をキョロキョロさせて上って行くうちに、少し離れた繁みからパタパタパタと小鳥が飛びたちました。

(お、あった。ほう、えらいたんとなっとるなあ。こりゃ、大したお年玉や)

そのツヤツヤ光る宝石のような赤い実を早速手際よく摘み取って、家から持って来た布の袋に次々と入れていきます。まだ正月五日ですから指先が冷たく凍《こご》えて来ますが、そんなもの当たり前ですから平気の平左です。

すっかり摘み終えたところで、その木に向かって背すじをピンとのばしてしっかり両手を合わせます。

「あんやとな。夏には忘れんとまた花を咲かいてくれな。ごきみっつぁん(ありがとう)」

そして少しふくらんだその袋を片手に提げ、また辺りに目を走らせながらゆっくり足を進めるうち、何か生き物がガサガサッと動いた音がしました。

(おっ。こりゃお目付役のキツネ殿のお出ましやな。いじっかしい(うるさい)やろけど、いんぎらーと(ゆっくり)案内して下んし)

と口の中で話しかけながら音のした方をうかがうと、かなり積もっている雪の白さがナンテンの実の赤さをひき立てて、首尾よく二本目を見つけることができました。

その周りに立ちはだかっている笹や雑木をかき分けてその木の前に出た与左衛門の口から、珍しく声がもれました。

「こりゃ、また、何ちゅう別嬪さんや。よう待っとってくれたな。あんやとさん」

そして、立ち位置を少しずつずらしながら次から次へとつまみ採るうちに、体がジワーッと汗ばんで来ました。もちろんそれでも片時も手は緩めません。

採って、採って、採り尽したところでほっと一息つき、改めてそのすんなりした、芯の強そうなナンテンの幹を見ました。

するとひと月ほど前に中屋の主人から聞いた、京都の有名なお寺の話を思い出しました。部屋中の壁にびっしりと金箔を貼ってある豪華な造りで知られるその寺にある、同じように金箔を貼り巡らせた直径三寸（約九センチ）近くある丸っこい柱が、実はナンテンの木の幹なのだそうです。

その話をしてくれた中屋の主人が、

「実物を拝まんことにゃそのまま信じられんけど、おそらく三百年も四百年も長生きした老木ながでしょうな」

と、しみじみとした口調でしめくくった時の表情を思い浮べながら、与左衛門は目の前のナンテンによく聞こえるように言いました。

「お前も、百年も二百年も長生きせいや」

そしてやおら向きを変えて三本目を探しに出かけたのですが、その尾根をすっかり見終わっても、実がなくなった木が三、四本あっただけで、赤い実は見当たりません。

次の尾根に回りこんでもどうにも出合えず、しょうがなくもうやめようと諦めかけたその時、少し離れた所から声が流れて来ました。

――コーン、コーン……

その声に導かれて行ってみた与左衛門は、思わず目が吸いつけられました。かなり入り組んだ崖下に、その赤い実のつやと言い、大きさと言い、正に極上のナンテンがあったのです。

（重ねがさね、あんやとな、コン吉殿）

と、身を隠しているらしい繁みに向かって一礼した与左衛門は、ここでもナンテンの木の前で手を合わせ、はっきり声に出して、

「ほんなら、この実を役立たせてもらいまっそ。あんやとな」

と頭をさげた後、一粒ずつもぎ取って地上に置いた布の袋に入念に詰めていきました。

本当に何とありがたいことでしょう。頬や口元がひとりでにゆるんで来ます。しかも実を全部入れ終えてみると袋はそれで満杯です。これでは背負って帰るよりしょうがないなと思いながら、キツネはどこだろうと思って、ひょいっと辺りを見回しましたが見つかりません。

（いや、それよりも二つ目の薬草を探さねば）

と思うと同時に、崖際に立ち並んでいる木々の手前の地面に、緑色の小さな葉がべったりくっついているのが目に飛び込んで来ました。

「おっ。見事なキクバオウレンソウやなあ……」

これが探していた薬草で、春三月から四月にかけてごく小さな線香花火のような細い花を咲かせるのですが、今はひっそりと英気を養っているようです。

しかし今は土の中で横にのびているその根茎が欲しいので、道具箱から小型の鋤を取り出して地面に片膝をつけ、中腰の姿勢で用心深く掘り始めました。

「おお、こりゃ、いさどい（立派な）オウレンや。あんやと、あんやと」

親指ほどの太さで少しねじれた毛むくじゃらの根が、これまた次々と出て来ましたから夢中になって掘り採るうちに十本以上になっていました。

（中屋の番頭もこれだけありゃ文句も言わんやろ。採り尽してしもうたらいかんしな）

そう独り合点した与左衛門は、もう一つ予定していた、大事な仕事に取りかかりました。

それは、この冬わが家の主食にもなっている山の芋を掘ることです。それが成っている蔓も葉も十一月には枯れて消えてしまっていますが、秋に足しげく通った時に採らずにおいた蔓は、今もあちこちにかろうじて姿を残しています。

そこで、これも用意して持って来ていた専用の鋤を取り出して、しっかり両足を踏ん張って、ゆっくり掘り始めました。

先ずは一本、また一本。うっかりしていると途中でポキンと折れてしまうのでかなり神経を使う作業ですが、これを食べる時の子ども二人の顔を思えば何のこれしき屁の河童、もう一本、また一本と探しては掘る与左衛門でした。

やがて風がめっきり冷たくなった夕暮近く、わが家に寄ってこの大事な食糧を妻に渡し、道具箱も降ろした与左衛門は、そのままの服装で南町へ向かいました。

もちろんその荷を大喜びして受け取った中屋の番頭は、正月の初仕事でもあるからと普段の倍の値で引取ってくれ、明日、明後日の仕事まで頼む仕末でした。そしてその後、大晦日以来久しぶりに父子二人で入ったお風呂では、秀助が初体験である町歩きの報告の独り舞台でした。

一方その頃台所では、夕飯の支度を進めながら母と娘がこんな会話をしていました。

「母ちゃん、今夜も作るが？　あのつくね飯」

つくね飯というのは手でこねて丸めた食べ物のことです。

「ほりゃ、あれを当てにして通うて来るあの子らのこと思うと、今更止められんしな」

「ほんでも、もう十日も越えとるがよ。このまま何時まで続けるつもり？」

「雪が消えてしもがもうじきやろし、それまで頼むこっちゃ大目に見とって、な？」

「ほんな。わては大目でも横目でも見とるけど、じいちゃんやお父つぁん、なんで何も言われんが？」

「お二人とも、心の底から思いやりの深いお方ながや。あんたも見習わにゃ」

娘のお清が話題にしていたのは、母親おキヌが毎晩裏庭へやって来るキツネのために作っている団子についてでした。

じいじの話によれば、かなり昔から城内の西の森から尾崎神社の裏辺りを縄張りにして、キツネの一族が住んでいるのですが、去年の秋からの天候不順のせいで彼等が主な餌にしていた野ネズミがすっかり減って困った揚げ句、キツネたちが町の中にも現れるようになったのだそうです。

その中の一匹が二木家の裏口を覗くようになったのは、先月二十日の夜からでした。可哀そうに思った母親おキヌが自分たちの夕食に使った魚の残《ざん》（内臓など）やむし芋などをつくねて軒下へ出したところ、喜んで喰わえて行ったのでそれ以来毎晩続けているのでした。

山の芋は別名をツクネ芋と言うように調理すれば粘り気が強くなるため、与左衛門が山でどっさり採って来たあの芋は、人にもキツネにも今は大切な食材なのでした。


続く六日は久しぶりに朝から陽がさしていて、朝飯の後、まっ先に家を出たのは今日も山男姿の与左衛門でした。

この日中屋から採って来て欲しいと言われたのは、腹痛や下痢などによく効くキハダでした。西町から一里ほど（約三・八キロメートル）行った奥卯辰山のこんもりした森の中に、この高い木が三、四本、谷をはさんでスックと立っているのをよく覚えていましたから、与左衛門は二つ返事で引き受けました。この太い木の幹の皮の内側、そのまっ黄色な層がお目当てなのです。

この辺は木々が密集しているため、雪は地上にごく僅かしか積もっていませんし、人ばかりか動物の気配も全く感じられません。

その木立の間に一本立っているキハダの木に、自分が以前切り取った跡を見つけた与左衛門はその一段上をはぎ取ることにして足場を確かめ、道具を握ってその木に静かに話しかけました。

「ちょっこ痛かろけど、皮の外は傷つけんさかい辛抱してくれな」

こうして一本目を慎重に進めた後、二本目、三本目と、予想よりずっと早く仕事が進んだ結果、収穫も十分でしたから、夜の予定もあることだしと考えて、陽がまだかなり高いうちに帰路につきました。中屋の番頭が立派なキハダを喜んで買い取ってくれたのは言うまでもありません。

また、二木家のあの老少二人組がこの日まず向かったのは、昨日歩いた上堤町の北に続く下堤町でした。地続きだけあって店の種類も昨日とよく似ており、木彫りのさまざまな仏像が並べてある店の前では、「松井明運」という看板を指さしてじいじが一言。

「ここの主人は代々「運」の字を雅号にしとる」

「うちの仏像は運がいいぞという意味やね」

と、秀も一言。

この一言ずつでこの町をすんなり通り抜け、南町の一ノ谷屋という屋根屋の前で、

「ちょっこ用事があるし、ここで待っとれ」

と言うなり、じいじは中へ入って行きました。

（昨日よりずっと人通りが多いのは何でやろ。どっかで大安売りでもやっとるがかなあ）

秀助がそう思って店々を眺めているうちに早くも出て来たじいじは、すぐ先の小道を曲って惣構え掘を渡り、その流れにそう形でのびている細長い通りをゆっくり歩きだしました。

つまり一本城寄りの道を通って引き返すことになったのですが、あっちの表通りと違って道幅もせまく小造りの家ばかりです。その種類もいろんな店の中に、小間物屋が四軒、白銀屋という銀細工の店と下駄や草履などを売る履物屋がそれぞれ三、四軒ずつあります。

「なあじいじ、ここ何ちう町け」

「東照宮（現尾崎神社）さんの前やさかい、御門前町や。ほれ、こんな店もあるやろ」

その指先の大きな店は「御国製線香所、堺屋」という看板がかかっており、建物全体が、

お香の匂いに包まれており、しかもその隣に「医師、津田道順」という表札が出ている上品な感じの家があります。

（へえ。こんなお医者さんとこ来る病人おるもんかなあ）

と思っていると、更に隣の魚屋から出て来たお侍がその横の小路にするっと消えました。

（あの人、どっかで見た人やなかったかな）

その時じいじの声が飛んで来ました。

「秀助、そんな所で何をボーッとしとる。早よ来んと置いていくぞ」

いつの間にか足の運びが早くなったじいじは、すぐに十間町の広い通りに入りました。ここは秀助にとっては広い遊び場ですが、改めて祖父と歩くうちに全く違う顔が見えて来ました。

「指物師やら職人さんが多いがやね、ここ」

「ああ、宿屋などもあるけれど、そう思うてよう見ると、町中が物作りに励んどる感じやな」

でもここは短い町なのですぐに通り過ぎ、続いてその隣の近江町に入りました。そのとたんに威勢のいい呼び声がひびきます。

「七草粥の材料、全部揃っとりまっそう！」

「この一年を息災に過ごすお買いもの、早い者勝ちでっそう」

「セリからスズシロまで別嬪さんがキトキトな顔して待っとりまっそ。匂い嗅ぐだけでもいいさかい寄ってくまっし」

そういえば少しもやがかかったお日様が西に傾いて来ており、何軒もある四十物《あいもの》屋ではカレイなどの干物を買う女衆が増えています。

「あ、いかん、ありゃお屋敷の女子衆や。秀、見つからんうちにちゃっちゃと帰るぞ」

と、何となく気忙しい正月六日の秀助の町回りでした。

更に二木家のもう一組、母と娘の二人連れは、この男衆よりもかなり朝早く屋敷を出、近江町から西へのびる道を百姓女のような野良着姿で仲良く歩いていました。そして、六枚町からは古道に入り、その先の戸板村に入って足を止めました。

西町からおよそ半道（一里の半分、約二キロメートル）、朝日に照らされた道を勢いよく歩いて来たせいでしょう、広がっている田畑を渡って来た冬のそよ風が、やや汗ばんだ体をやさしくいたわってくれます。思えば毎年お正月のこの日にどれだけ通ったことでしょう。

「わあ、今年もようのびとるねえ」

どちらからともなくそう言って小川の縁にしゃがんで手際よく摘み始めたのは、田の畔に沿って流れる透き通った水際に生えているセリでした。明日の朝家族で食べるお粥に入

れる春の七草の一番手です。お清の口からひとりでに浮かんでくる、

「なんなん、なんなん、七草なんな……」

の七草囃しも心地よく、まっ赤な指がしびれるような水の冷たさも、いくらか和らぐ気がします。

「なあ、母ちゃん、うちの近所のあのキツネたち、今夜このお囃し聞いたらどうすると思う？」

「子守歌やと思うて、子ギツネらちゃ、じきに眠るがでないか」

「何や、あいそんない。あらち（あれたち）がうまいこと合の手入れてくれんかな」

やがて手篭がいっぱいになり、近くの農家で大根や蕪をわけてもらってからの足の運びは、二人とも見るからに軽やかでした。

こうして迎えたその日の夕方、早めに夕飯をすますなり秀助がふっと言いました。

「あっ、もう始めたとこあるよ」

「うそ。こんな早らと始めるおっちょこちょい、どこにおるいね」

「ほやかて、今、ハッキリ聞こえたもん」

早くも言い合う二人に母が口をはさみます。

「お清、今夜はあれたちにも早めに出いてやることにして、ちゃっちゃっとつくねよう」と女二人が台所に立ち、おじじとお父が難しい顔で話を始めたので、秀助はふらっと外へ出ました。

すると、やはり待ちくたびれたらしい遊び仲間がいたので、その辺をぶらっとひと回りしに出かけました。

台所に立った母娘二人は、

「今夜はお祝いにちょっこおまけしてやろ」

と、それぞれがつくね飯を一つずつ作って裏庭に出ました。

すっかり暗くなった片隅で一対の目が光っています。

「大分待たいたがか。かんにんな」

「その代り今夜はいつもの倍作ったし、持ってって仲良う食んまっし」

すると、つつつと出て来たキツネは地面に置いた一つを軽くくわえ、すっと姿を消しました。

「やっぱ二つ一ぺんに持って行けんもんねえ」

とお清が言った通り、すぐに戻って来たそのキツネは、立ったまま見ている二人にペコッと頭を下げるような動作をし、また二つ目をくわえて行ってしまいました。

「あっ、お囃し、聞こえ出したみたい」
そのお清の呟きに応じるように表に秀助の声がひびきました。
「うちでももう始めんけ。ご用人さんとこからも声しとっし」
いよいよ今年の七草の儀の幕明けです。
台所の土間に新しいむしろを敷き、その中央に高さ三寸（約九センチ）ほどの小さな桶を伏せて置いた上に、この儀式専用の大きめのまないたを置きます。
これで準備完了で、まないたの上に青菜をのせて主人が合図をすると同時に、肩をよせ合った家族皆が手に持った包丁やすりこぎ、しゃもじ、お箸などで青菜を叩きながら、お囃しを大きく唱えます。
――なんてん、なんてん、七草なんな、
唐土の鳥が、日本の土地に、渡らぬ先に、
七草囃してポートポト
かっちり合わせてポートポト
この唱えことばの中にある唐土の鳥というのは、現在の中国の土地に住む「チン」という架空の鳥のことで、その鳥は毎年正月七日に風に乗って海を渡って日本へ来て、家々に病気の元を撒き散らすので、その前に七草粥を食べておけばその災難に遭わないという言い伝えが、何百年も前からあるのだそうです。

でも秀助などにはそんないわれなどどこ吹く風かで、おかしな文句をうち中の者が声を揃えて、バンバンパンパン、音を立てるのが面白いだけですから、間もなくあくびを連発するようになり、調子も段々ずれて来ました。

それを見た母親が、青菜を取り変えるのを機会に皆が一服した時に、助け舟を出してくれました。

「秀助はもういいさかい、あっちで寝まっし」

こんな調子で、次にその半刻（三十分）後、同じくご赦免になったのはお清でした。

しかし、この青菜を叩く家庭行事はその夜九ツ（午前〇時）の鐘が鳴り終わって七日に入るまで続けないと、あの「チン」がスルリと入り込んでしまうのです。その定まり通り、この時刻まで大人三名が勤め上げたそのおかげで、翌朝の二本家では、やわらかい青菜がたっぷり入ったおいしいお粥をいただくことができました。

その七日、与左衛門はチラチラと粉雪が舞うなかを薬草採り、善兵衛じいはご用人さんのお使いで二里（約八キロメートル）近くある宮腰（現金石）へ出かけ、お清と秀助は久し振りに再開されたそれぞれの稽古場へ行き、後に残った母親はやはりご用人さんに頼まれた縫物にとりかかりました。

こうして、「チン」も現れずに無事一日が終わって夕飯の後、一人は薬草採りの道具の手入れ、一人はいつもの川柳入り日記書き、その脇で二人は父親に教えられながら習字の稽古、残る一人がつくね飯を裏口の外に出し、漬物の手当をすませて一服しようかと居間に入ったところでした。

トントン、トンと表戸をそっと叩く音がします。

今頃誰だろう。ご用人さんからのお呼出しならもっと荒っぽく叩く筈だがといぶかりながらおキヌが戸を開けると、羽織袴姿の侍が一人立っていました。

「どなた様でございみすけ？」

「拙者……ケホン……そのう……」

そこへ早くも首を差し入れた秀助、ひと目見るなり祖父の所へとんで行き、

「じいじ、早よ出て見て、おとつい、あの油屋やったか、いや……」

と、おろおろしている間に玄関に出て来た善兵衛じい。

「おお、こりゃ珍しい。何か急ぎの用でもござったがか、お西どの」

「一度改めてご挨拶をと思いつつ、ケホン、先月来手前共の一族の孫のため、大層お世話に相なって……」

「ああ、あのつくねのことじゃな」

「おかげで孫の病も完治したと道順先生からのおことばを頂きました故、あれはご辞退させて頂けないかと」

「それはもう、そちら次第やさかいにな」

「つきましてはお礼のしるしにこれをどうぞ」

「ほう。これはこれまで見たこともないうまそい（立派な）キジじゃ」

「昨日の今日であっても決して唐土の鳥ではござらぬ故、ご心配なく」

「ハッハッハッ、これは見事な一本、恐れ入った」

とたんにそれまでポカンと口を開けてつっ立っていた秀助が叫びました。

「昨日も宮腰屋に寄っとらなんだけ！」

「では、これにて、ごめん」

秀助があわてて家の前へ出た時は、もうどこにもいませんでした。

その頃、裏口でキツネのかすかな鳴き声がしたのでおキヌが覗いてみると、暗い中に親子のキツネが並んで坐っていました。

「あら、あんたらも挨拶においでたが？」

「……クン、クンクンクン……」

「また弱ったことあったらいつでもおいでまっし」

いつの間にか出て来ていたお清の口から、見送りの歌がこぼれていました。

——七草はやしてポートポト

　かっちり合わせてポートポト

そうして明くる日から三晩、おキヌ母さんが腕をふるったキジ料理が、夜毎にいろいろ品を替えて登場したそうです。

西町に住む二木与左衛門一家にとっては、忘れられない正徳三年巳の年の正月でした。

第二話　八蔵とトヨの秋祭

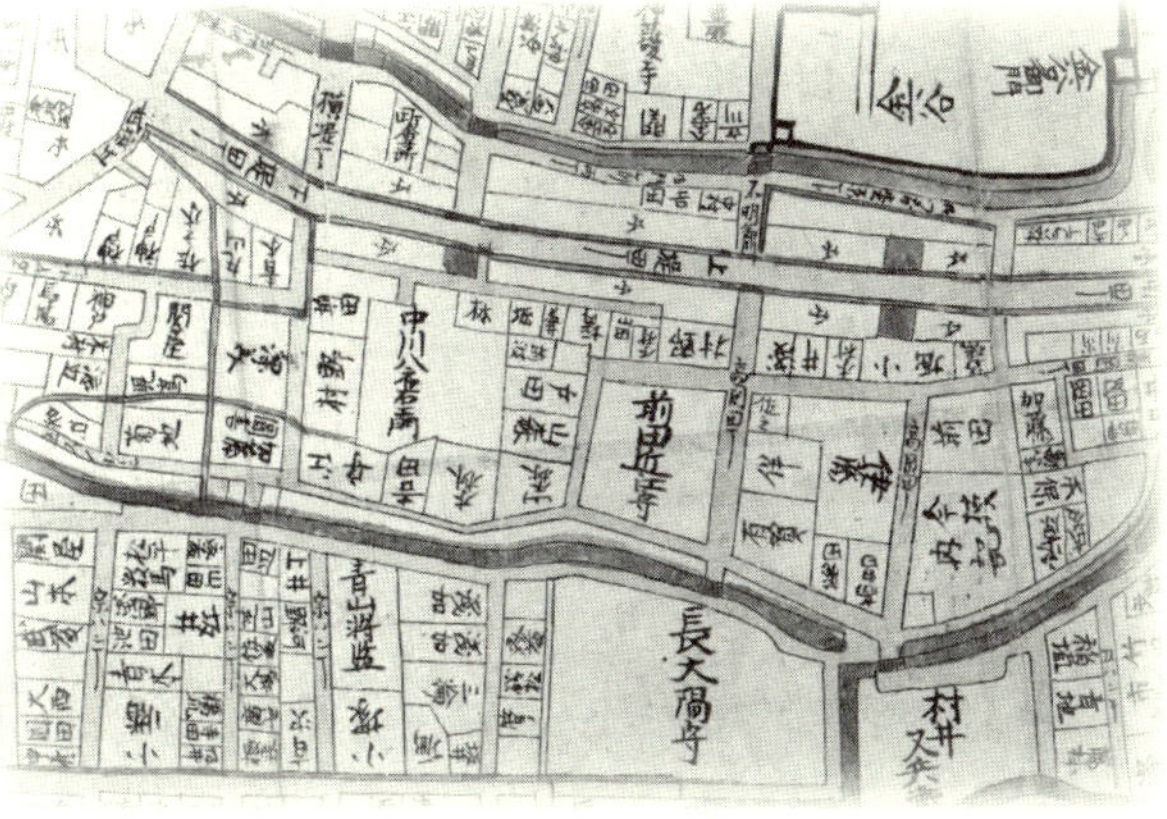

金沢には東西にかなり大きな川が流れており、そのどちらにも大きな橋がかかっていました。

今から三百年も前ですからもちろん木橋だった、犀川大橋から川下右側には、川沿いにせまい道路が細長くのびていて、茅《カヤ》ぶきの低い家々が、べったりと並んでいました。

橋詰近くが五枚町、それに続くのが犀川川除町、それと並行してその内側にあるのが伝馬町と上伝馬町です。

この二列の細長い町の共通点は、金沢のあちこちにある上級のお侍に仕える身分の低い家臣や足軽、それら上級のお侍屋敷の雑用をする小者と呼ばれる人たちの家が、一般の民家と同数ぐらいあることでした。

その人たちの主人の地位もいろいろで、前田土佐守や伊勢守、本多安房守、長大隅守など、雲の上の人のようなお歴々を筆頭にしても多種多様でしたが、どんな主人に仕えていても足軽や小者の給金はわずかなものでしたから、どの家でも何らかの内職をやって日々の暮らしを立てていました。

また、どの家にも藩が植樹をすすめる松や杉、桧、欅などの外、実を食用にする柿、梅、杏、無花果などもよく植えてありました。だからそれらの木々を飛び交う四季さまざまな鳥のさえずりや、元気にその辺を走り回ったり仲良く遊んだりする子どもたちのにぎやかな声にまじって、時々やって来る物売りの声以外は、これと言って人通りも少ない実に静かな住宅地区でした。

　この話の主人公である八蔵、トヨ夫妻もこの川除町の住人で、八蔵は、下堤町（現武蔵町）に広いお屋敷がある五千石の重臣中川八郎右衛門に代々仕える小者でした。

　だから、親の後をついでこの勤めについて二十年間、この犀川川除町から香林坊へ出て鞍月用水の澄んだ流れに沿って歩いて行き、長《ちょう》大隅守の樹々がこんもりと繁るお屋敷の先にある中川様のお屋敷まで、ほぼ毎日のようにせっせと通っておりました。

　それでも彼は生まれつき足が達者でしたから、これくらいの距離などちっとも苦になりません。お屋敷に着いてからも、やれ東山だ、それ寺町だなどというお使いの仕事も自分から進んで引受けたものでした。

　ところが、忘れもしない正徳四年八月八日（一七一三、九、六）。急にその日に藩主綱紀公が江戸へ出発されることになったため、中川家でもそのお見送りの人数が必要になり、以前から決まっていた中川家の姫君が小立野《こだつの》の宝円寺へお参りになるお供が人手不足になって、八蔵も姫の草履取りとしてお供するよう命じられました。

　それで、小立野の通りをまっすぐ進んで行ってお寺に着き、駕籠から出られた姫君が、八蔵が揃えた草履をはいて少し長い参道を中頃まで歩かれたその時でした。

それまで快晴だった空が忽ち黒雲におおわれたかと思うと、

——ゴオーッ！　バリバリバリーッ！

という轟音と共に強烈な風が渦を巻いて吹き付けて来ました。

「姫ッ、ご用心を！」

と誰かが叫ぶ声がしましたが、参道の砂利がもうもうと舞い上がって木々が大きく揺れ、姫はその場でしゃがみ込んでしまわれました。

それを見て、とっさに駈け寄った八蔵は、

「こちらへどうぞ！」

と姫の手を取って参道沿いに立っている石灯籠のかげへ導いて来て、

「ここで、じっと……」

と言いかけた所へ向かい側に立っていた太い松がこっちへ倒れて来ました。

「ご免ッ！」

八蔵が両肘を突っ張って姫の体をおおい隠したのと、松がその上に落ちて来たのは全く紙一重の差でした。

——ズシーン！　バリバリバリーッ
そこらじゅうから、

「姫ーッ」

と叫ぶ声が聞こえたような気がしましたが、八蔵は右足に強烈な痛みを感じつつ意識が遠のいていきました。

それからの大ざっぱな経過はひと月以上して聞かされたのですが、その嵐はこれを境に急速におさまったそうで、姫君は、駈け寄って来たお供の皆に自分が全く無傷だったことを告げた上で、「この者が身を挺して助けてくれた」とはっきり言われ、万全を尽して手当をするよう指示されたそうです。

それで、直ちに呼ばれた医師の応急処置によって八蔵は意識を取り戻し、大八車に乗せられて犀川川除町の家まで運ばれ、あらためて外科医の治療を受けました。

ちゃんとした家臣ならともかくも、姓名の姓さえ付けられない小者に対し、ここまでだけでも異例の対応でしたが、その後も中川家差し回しの外科医が一日置きに八蔵の治療に来ましたから、彼の右足踵を中心とする骨折は着実に痛みが薄らいでいきました。

そして三か月後に、彼の右足は歩行不能という結論が言い渡され、以後の注意事項の説明があって治療は打ち切られました。

それは本人自身が覚悟していたことでしたから、彼は自分の引退と共に息子喜八の採用を願い出たところ、即座に受理されました。

この時八蔵四十九歳、それまである職人の所で修行中だった喜八は二十三歳でした。

そこで八蔵は手先の器用さを活かして、屋内での自分の移動がうまくできる機具を、一か月間実験を重ねた上で作り上げ、つづいてこれまでと違って余り足に負担をかけないでやれる内職がないか、妻と二人で考えました。

その結果、以前暫く手がけたことがある、傘の骨を組み立てる仕事はどうかという結論になったので、その時世話になった川南町の傘屋有江屋の主人に事情を話して試みに材料を持って来てもらい、その製品を一、二日後に届けたところ、あっさり契約が成立しました。

その日、有江屋から帰ったトヨの話。

「うちが持ってったあのあれ、ひと目見るなりあの親っさん、いきなりでっかい声して、ああ、この人やったがか、これなら何も云うことなしや。次の材料こっちから届けっかって、一山縛ってあるこれ指さしたさかい、その役、うちにやらいてくだいちうて、ひょいっと持ってみせたら、目ぇまん丸にして、力持っちゃなあってでっかい声で言うさかい、うち、目から火ぃ出たわ」

そう言う妻の笑顔も久しぶりに見たなと八蔵は思いました。宝円寺で突風に襲われたあの日から早くもほぼ一年を過ぎていました。

こうして八蔵が新たな生活を大乗り気で始めたのを見て、自分にも何か新しい事をする機会がやって来ないだろうかと考えたのは、この年四十歳を超えたトヨでした。

思えば、犀川の向こうの農家の長女として生まれ、ご縁があって八蔵の所へ嫁いで来て男女二人の子を産み育てて来ましたが、息子の喜八も父親の後をつぎましたから嫁をぜひとももらいたいし、娘もそろそろ嫁にやらねばなりません。

そのためにも少しでも多く蓄えておく必要がありますが、残念ながら裁縫はあまりうまくなく、指先も全く器用じゃなく、料理も得意とは言えません。これまでやってきたお寺の雑用もあったりなかったりして不安定です。何かないものだろうか。

そう思っていたある日、いつものように夫が作った数日分の傘を持って行った有江屋の主人が、八蔵の仕事がどんなに細かい所まで気配りがされているか、あちこち具体的に指さして褒めた上で、ふっと聞きました。

「あんたらの住んどる近所辺りで大店の下働きやってくれる女の人おらんかなあ」

「住み込みでですけ」

「いやいや、昼間だけの通いや。これまで来とったばあやが家の都合でいきなりやめたもんで、そこの番頭はん大弱りしておいでながや」

（おお、何とうまい棚からぼた餅の話がころがり込んで来たもんやろ。ほやけど急《せ》いては事を仕損じるぞ、落ち付けおトヨ）

「どうした、いきなりそんなおとろし顔して。ま、つい今さっき、その番頭はんがうちへ寄って、ふっと言うとっただけの話やし、気にせんと聞き流いてくれんか」

「そ、その番頭さん、どっかここの近くの方ながですけ」

「近所も近所。その隣の宮竹屋の一番々頭はんや。あんなでっかい酒屋さんやさかいに、雑用ちうても酒のつまった手桶や小んこい樽でもけっこう重たい、そんな物をしょっちゅうあちこち動かさんならん。そのばあさん、年もとって来たし、とうとう腰が痛なってきたらしい」

「そんな物運ぶくらい、わて、平気です！　子どもん時分から重たい物しょっちゅう扱うとったさかい……」

「ええっ。あんたがやりたいちゅうがかい？」

「へえ。よかったら旦那さんからその番頭さんに話してみていただけんやろけ」

「あんたのことなら、さっきもあない（あんな）重たい物を軽々と持って来たし、身元も分かっとるし、よっしゃ、今すぐ行ってみよ」

こうしてこの話はとんとん拍子で進み、トヨは金沢で一、二を争う大店の酒屋へ通うことになり、喜八は中川様でのご奉公、八蔵は家で傘細工、娘は裁縫のお師匠さん通いという生活が始まりました。

その一家を気持の上で支えているのは言うまでもなく八蔵です。

「この怪我のせいで普通には歩けんようになったがには違いないけど、片足だけですんだがは、そこの春日神社の神様がしっかり守って下さったからながや。もったいないこっちゃな」

こんな考え方のせいでしょうか。もともと丸かった顔がますます円熟してえびす顔になってきた八蔵を中心に、この一家は穏やかに年月を過ごしていきました。

しかし、金沢の町全体として見てみると、この数年間に毎年のようにいろいろな災害に見舞われました。その主なものを拾ってみましょう。

八蔵が怪我をしたあの二年後の享保元年の夏には宮腰（現金石）で八十軒の民家を焼く火事がありました。その翌年の二月には中川様のお屋敷にごく近い下近江町から火が出、強い西風にあおられて一気に燃え広がり、袋町や尾張町など合わせて百七十軒が焼け、喜八も出番がありましたから、八蔵たちもぐっと身近に感じました。

更にその翌享保三年四月には亀坂の上の線香場から出火してやはり西風で燃え広がり、宝円寺や天徳院は無事でしたが、如来寺や経王寺をはじめその近辺の与力町や足軽町など百七十軒余りが焼けました。この火事は犀川川除町から煙も火もハッキリ見えましたから、毎晩交替で行う町内の火の用心の夜回りにも力が入り、かけ声も拍子木の音も、いつもよりぐっと大きくひびきました。

そういう中で、その年の夏には、娘が二十歳で長町の民家へ嫁に行き、その翌年には孫が生まれました。産声が鳴りひびいた時の八蔵のえびす顔は、正にタイを釣ったあの絵そっくりで、おトヨが寄り添ってお七夜にお参りしたのは、当然宝久寺さんこと犀川春日神社でした。


そういうわけで八蔵は毎日家にいて傘作りを楽しみながらやっていましたが、時々その彼の所へ縁もゆかりもないおばあさんが愚痴をこぼしに来ることがありました。それは喋り方といい、内容から言って愚痴には違いありませんでしたが、見方によっては家族あるいは自分の人生相談でもありました。

そのきっかけは、トヨが仕事帰りに連れて来た一人のおばあさんでした。その人は以前から顔なじみで話し相手にもなってくれる川南町の有江屋の主人の所へ来ていたところ、折りよく早めに仕事がすんだトヨが傘の材料を受け取りに来たため、内容から言って八蔵に相談したらと言われて連れて来たのでした。

その人が困っていたのは、藩の重臣の一人である前田美作守《みまさかのかみ》様のお屋敷で小者をしている、まだ二十歳前の孫のことでした。

「あの子はおじま（次男）と違うてたんち（幼児）の頃から気ぃの優しい子やったさかい、お勤め先でも仲間の人らちから笑われたり意地悪されたりしても、じーっとこらえとったがやそうで、そんだけでもかわいそでどもならんがに……、こないだの近江町やら尾張町やらの火事ん時……」

この人が八蔵の所へ話しに来たのは、あの享保二年の火事からひと月ほど後のことで、時々涙と鼻汁とを一緒にふきんでぬぐい取りながら話すおばあさんを前に、八蔵は仕事の手を休めることなく時にそちらへ視線を送ってうなずいたりして聞いていました。

「そん時、お屋敷のすぐ裏手の家が次から次と燃えて来て、火の粉ぁしきりに飛んで来るもんで、屋根の上に上って、よう湿らした箒でそれを叩き消せって言われたがやけど、屋根に上らせられただけで足ゃすくんでしもうて……その場にしゃがんどるうちに、火ゃちょっこずつ向こうへ移ってってくれて……」

「それで、屋根からは自分で下りられたがやな?」

「えっ?　……きっと目ぇつぶって……」

「そりゃそうやろうな」

「ほんでも、ほれから毎日笑われて、あん時の格好してみぃって言われたりしとるがやそうで……かわいや……」

そこで八蔵は仕事の手を止めて尋ねます。

「その話を、そいつ、家へ帰って、父《とう》とや母《かあ》かにどう言うとるがや」

「ほんなもん、片言でも喋ろうもんならだいばら（大変）やさかい、このばあばにだけ、こっそーと言うてくれたがや」

「ほうか……。ほやって何でも話せる祖母《ばあば》がおって、その子ぁ果報者やな」

「……？」

「親には言えん恥かしい話を、涙を流いて聞いてくれる人がおることで、その子は十分救われとるし、やがて自分でしっかりせんとと思うようになる。もう十日もしたらその子はそんなこと言わんようになっさかい、何べんでも黙って聞いてやるこっちゃ」

それでもまだ納得がいかぬ顔でそのおばあさんは帰っていきましたが、それからひと月ばかりたった頃、明るい顔をしてやって来て、黙って深々と頭を下げ、手作りらしい座布団をそっと置いて帰って行きました。

これ以後、有江屋の主人が、そのおばあさんが店に寄って心から感謝していたことを何人もに言いふらしたらしく、さまざまな人が直接八蔵の許へやって来ました。

その中で、自分自身の事で相談に来た人がいました。それは、八蔵の家から余り離れていない下伝馬町の人でした。

「旦那さん、実は、わてのせいで焼け死んでしもわれたお方がおいでるがです」

と、いきなりふるえ声で話し始めたそのおばあさんは、ひどく思い詰めた様子です。

「ま、落ち着いて、落ちついて。まさかあんたがその人に火ぃ付けて殺いてしもたわけではないがやろ?」

「わて、それと変らんことやってしもたがでございます……」

「それは、どっかで近頃起きたちょっこりでかい火事の事を言うておいでるがかな?」

ふと思い付いてそんな風に鎌をかけてみると、すぐ反応が返って来ました。

「あの人、ずっと前からうちの近所に独りで暮らしておいでたもんで、早よから親しくさせてもろておったがですけど、その息子さんが小立野に所帯もっておいでたがです」

(ああ、やっぱりあの火事のことか)

この人が八蔵の所へ相談に来たのは、あの如来寺などを焼いた火事から十日もたたない頃でした。その人はちょっと口ごもった後、またつづけました。

「その息子さんから自分の所で一緒に暮らそうと何べんも言われとったがやけど、今度はあんまりしつこう言われたもんで、どうしたらよいかとわての所に相談においでたがです。それで、そんなに言われるがなら移られた方がよいがでないですかって、わて、ちゃべちゃべとおすすめしてしもたがです……」

「で、その行先が、足軽町……？」

「ええ。わてがうっかりおすすめしたばっかりに……おお……」

「うーむ。あんたがそう思う気持もよう分かるけど……亡くなられたがはその方だけやったがか」

「……ねんねと、嫁さんと、女三人しっかり抱き合うて亡うなっておいでたと……」

「そん時、その息子さんはどうしとった」

「その日、朝からお屋敷のご用で宮腰まで行っておいでだそうで」

「それじゃご用すまいて戻って来てびっくりしたやろなあ」

「はい。何もかも自分が到らんせいやとおっしゃって、おとむらいの後すぐに頭を丸めて仏門に入られたそうです」

「なるほど。それも身の処し方の一つやな」

「ほんなら、わてはどうしたらよいもんですけ」

「ほやな、亡《の》うなった方々、とりわけその仲のよかったそのお方のご冥福をねんごろにお祈りすることやないかな」

そのおばあさんが帰って行った後、八蔵は、自分が死んだ後もこれほどまで友人の心に残るというのは、その方がよほど思いやりのあるお方だったのだろうと心から思ったのでした。

また、今年享保五年に入って聞かされた中で八蔵がもっとも強く身につまされたのは、六月二十一日に起きた浅野川の大雨にまつわる話でした。

その前夜に降り出した雨が朝になっても一向に降り止まないばかりか、浅野川上流で一層烈しく降ったらしく、町中では正午頃には小降りになったにもかかわらず濁流が重なり合うようにゴウゴウと音を立てて流れていました。それで、お城に近い篠原織部や前田美作守など重臣の屋敷から二、三十名ずつ、少し離れている中川八郎右衛門家からも十名ばかり、足軽や小者が警備のために河岸へ派遣されました。

その最中の昼過ぎに大木が流れて来たと思ったら、それにぶつかった小橋があっという間に流されて行き、その光景に目が吸い付けられていた、主計《かずえ》町の川岸にいた中川家の一団に向かって、大橋の上で辺りを見張っていた前田美作の衆から声が聞こえました。

「子どもが一人、流されとるぞーっ」

「もうじき主計町にやって来るぞーっ」

中川勢ではもっとも若い十七歳の小者を救出役に指名し、その若者は直ちに下帯一つになって腰に命綱を縛ってもらい、堤防の外側の水際でいつでも来いと身がまえると同時にその子の来るのが見えました。

「来たぞーっ、それーッ！」

かけ声と共にその小者は子ども目がけて跳びかかりましたが、その子は小者の手をすり抜けるようにしてスーッと沈み、うつ伏せのまま流されてしまいました。

その様子を見守っていた大橋の上の美作勢の間からどっと笑い声が上がる中、若者は仲間によって引上げられました。

（畜生！　もうちょっこやったがになあ）

その場で尻を地面にべったり着けてくやしがっているその若者の前へ、足音立ててやって来た足軽頭がいきなりどなりました。

「このろくでなしめが、ようもわしの顔に泥を塗ったなっ！」

と若者の胸を思い切り蹴っとばし、

「ああ、ご用人様に何と言うてお詫びしたらよいものか……」

と立ち去って行く後ろ姿をじっと見つめる若者に対し、乾いた手拭いを差しながら、

「あんなケツの穴の小んこい奴、気にすんな」

と小声で行ってくれる人もいましたが、先輩面でこんなことを言う人もいました。

「クソ真面目でダラな奴ちゃな貴様は。こんな時にゃな、初めっからお頭の目が届かんような所へ回って、ややこしい役が当らんようにするもんながや。ま、お前みたいアホが

おってくれるおかげで、こっちゃ楽できるがやけどな、イッヒッヒ」

——「これを聞いたそいつは、自分はこんな根性のくさった腑抜けには絶対ならんぞと思ったと、わしに肩をいからせて言うとりました」

と、この大水の時の出来事を夢中になって八蔵に話してくれたのは、彼の息子の喜八でした。彼はつづけて八蔵に聞きました。

「お父っつあんはこの腑抜けが誰か分かるやろ」

「ああ、宝久寺さんの少し先の下伝馬町に住んどる時内《じない》やろ。あいつの親父もそうやったし、血筋ながやな。ま、そんな奴のことァどうでもいい。お前、後でそいつに一言ねぎろうてやったやろ」

「うん。ほしたらあいつ泣きそになって喜んどった」

こんな話を親子でしたのはあの大水から三日後の、宝久寺さんの例祭の二た月半前のことでした。

こうして享保五（一七二〇）年の「ホーキュジさん」こと犀川春日神社の秋の例祭を迎えました。

この年は九月六日が宵祭、七日が本祭、八日が後祭で、普段はお参りに来る人がポツン、ポツンとある程度ですから、この境内は鳥のさえずりだけがにぎやかでした。

でもこの三日間は、のぼり旗が立ち並んで、幔幕が張り巡らされた拝殿は、扉が開け放されて参拝客も多く、太鼓の音が大きく鳴りひびいていました。

この宵祭の夕方、八蔵の家には珍しく若いお客が食事に招かれていました。

それは、六月のあの大水の時以来、喜八がすっかり仲良くなった、中川家の小者の同僚の三治でした。この春勤めたばかりの三治にすれば、喜八は十歳近くも上の先輩で、誘われるまま喜んで来てみれば、そこには伝説で聞いた大々先輩が待っていたわけですから、初めはカチカチにかしこまっていました。

しかし、三治はもともと竪町の魚屋の三男坊であっさりした性分ではあり、喜八はもとより八蔵もえびすさんそっくりの穏やかな人でした。だから、三治の父親が手土産と言って持たせてくれた、金石の沖で今朝とれたマダイで、トヨがこしらえた刺身や焼物などを肴にして飲み食いし始めたら、すっかり座にとけ込んで、子どもの頃のことや勤め始めの話など、喜八も三治も次々と言い出して大にぎわいでした。

中でも座が盛り上ったのは、宴も終わりになった頃八蔵が話し出した、中川家で草履取りになって間もない時の体験談でした。

今のご当主の先代様のお供をして小立野の天徳院へ参詣した時のことです。

八蔵は、その前夜に祖父から聞かされた、豊太閤が木下藤吉郎という名で織田信長公の草履取りをしていた際の逸話を思い出し、先代様が天徳院の奥座敷に上がっておられる間、そのお草履を木下藤吉郎がしていた通りに、ずっと自分の懐の中の肌にぺったりくっつけてお待ちをしていたのです。

そのうちやがて殿のお帰りというお触れが聞こえてきたので、八蔵は急いでお草履を沓脱石にお揃えしたのはよかったのですが、それがびっしょり濡れていて、わけを訊かれて正直にお答えしたところ、殿が大笑いをされたという話です。実は、これは、夏のまっ最中だったのです。

八蔵のこの若い頃の失敗談はトヨも喜八も初耳でしたから、忽ち皆大笑いをしましたが、その笑いが静まったところで八蔵が尋ねました。

「さあ、この後ご先代はどのようになさったと思う?」

そして、ちょっと間をとった八蔵が最初に答えを求めたのは、トヨでした。

「ご先代さまは思いやり深いお方やったと聞いとりますし、きつう叱られただけですんだがではないですけ」

「それに続けてやけど」と三治、「ご先代様はこれもまた一興とか言うて、はだしでお駕籠まで歩かれた」

「いや、それはお供が困るやろ。万一のことを思うて予備のお履物を用意しとった者がおって、それをすぐに差し出した」と喜八。

「実はな、お見送りに玄関まで来ておいでたご坊様が、やはり大笑いをされながらお寺の者に言いつけて、新しいお草履をおろして下さったがや」

「ふーん。その後、ご処分はどうだったがです？」

「わしはお屋敷へ戻ったらすぐ小者頭にご報告し、どのようなお咎めでもお受けしますと申し出たがやけど、ご先代様からは、今の心がけをこれからも忘れぬよう申し伝えよとのご指示をいただいただけで、お咎めはなしじゃった」

この言葉を聞いたトヨは、（だから宝円寺であんな行動をされたが）と納得しましたし、この一席で宵祭の宴はお開きとなり、三治は繰返しお礼をし、キラキラした目で帰って行きました。

そして迎えた本祭の朝は、ピリッとした川風の中、空いっぱいに星が光るさわやかな夜明けでした。明け六つ（午前四時）の時鐘を遠くに聞きながら朝詣に出たトヨは、いつものように家族の無病息災をお願いした後、ごみが落ちていないか念入りに見回った上、急いで家に戻りました。

今夜は娘が満二歳の子を連れてやって来ますから、そのためのご馳走作りは朝のうちに大半をすましておかねばなりません。トヨは朝からわくわくする気分でした。

その気分の中でまず喜八が勢いよくお勤めに出かけて行き、朝ご飯の後に大急ぎで洗った衣類を物干し場に掛けたトヨが慌しく川南町へ出て行くと、家の中は一ぺんに静かになります。

そこで八蔵も材料の竹をきちんと組み合わせて縫いつける毎日の仕事に取りかかったのですが、いつもと違って宝久寺さんから太鼓の音がほとんど切れることなく聞こえて来て気が散ります。

神主がいつもいる大きな神社と違って、ここのように山伏がやっている小さな神社では、太鼓を打ち鳴らすことがお神楽の代りなのです。

やがて四つ（午前十時）を過ぎた頃から、そよ風に乗って辺りに広がる太鼓の音に誘われたのでしょうか。この三、四年の間に八蔵の所へ相談に来た中の何人かが、何らかのお土産を持ってその後の報告をしにやって来ました。

その一人、今年二月頃に来たおっとりしたおばあさんは、あるお屋敷の小者の二男である孫が、この半年の間に、油屋とか大工とか、三、四軒で勤めたのだが、どの店でもすぐに主人に逆らって全部三日坊主でやめてしまったけれど、何とかならないかという相談でした。

それで、本人を呼んで事情をたしかめると、どの店でも自分にはやれそうもない仕事を言い付けられ、ためらっていたり、うまく出来なかったりすればひどく叱られたり、バカ扱いをされたという、祖母そっくりのおとなしい少年でした。重ねて小さい頃からずっと好きで、やりつづけている事を聞いたら、庭で草を育てることだと分かりましたので、東照宮さん手前の御門前町で女主人がやっている合薬屋《ごうやく》へ紹介状を持たせてやりました。

それがぴったりだったらしく、宝久寺さんの祭のこの日、

「おかげ様で毎日喜んで働きに行っとります」

と、骨などの病に効くという合薬をどっさり置いていきました。

その次に来たおばあさんは、こそ泥が病みつきになっている十五歳の孫のことで去年相談に来た人でした。その子は、半年ほど前から自分のこの悪い癖をどうすれば止められるかと、何事も厳しい一方の親たちに内緒で祖母に泣きながら訴えたというのです。

それでこれも小さい時から木登りが得意だと分かりましたから、本人を呼んで勤め先の主人に自分の事を正直に告げることを約束させた上、下堤町の屋根葺き職の親父さんを紹介し、住み込みで雇ってもらいました。これもどうやらうまくいっているという報告を、ほっとした顔でその祖母さんはして行きました。

また、小立野のあの火事のことで自分の悩みを訴えに来た人は、手首に大きな数珠をは

めて落着いた様子でちょっと寄っていきましたし、尾張町の火事の時の孫のことで相談に来た人も、あの子が元気に勤めていると明るい顔で言っていきました。

どれもこれも行雲流水、袖をふれ合ったご縁だったなと、仕事の手を休めた八蔵が、ようやく西に傾きかけたお日様をぼんやり見ていた時、いきなり甲高い声がとび込んで来ました。

「ジージ！　オルケー！」

娘母子の来襲です。八蔵のいつものエビス顔は見る見るうちにデレデレにくずれていきました。

ちょうどその頃、トヨは店のご用で法船寺町のお得意様へ酒樽を一本配達をしに行く途中でした。

それがすんだら家に帰ってよいという宮竹屋の番頭さんの気配りです。あっさりその用事をすまして、さあ家へ急ごうと足を踏み出したトヨの耳に、聞きなれた太鼓の音が流れて来ました。

――寄ってけ、寄ってけ、テレスケテンテン
その軽やかな音に誘われたようにトヨはすぐに西に向かいました。間もなく着いた神社そのものは今朝と当然同じですが、余所行きの着物姿の男女が途切れることなくお参りに

来ており、おみくじ売場にも沢山の人がつめかけています。

その人ごみをかき分けるように横口から入って言って、すばやくお参りをしたトヨはすぐにわが家に向かいました。

朝と違って鳥居の前には川沿いの道端にお茶屋が三、四軒並んで、気軽に酒を楽しむ男たちで賑わっていますし、一段下った河原でむしろを敷いて酒盛りをしている人たちも何組かいます。

天気がよくて何よりです。女の人がこの辺りにほとんど見えないのは、家で来客や家族などへのおもてなしの支度の最中だからでしょう。自分も早く帰らなきゃとトヨが足を速めたその時です。

すぐ近くの茶店の横から耳ざわりなだみ声がトヨ目掛けて飛んで来ました。

「そこの姐さんよ、ちょっこ、わしらに付き合うてくれんか」

「なあ別嬪さん、そんなうまそい尻べたして、あわてて逃げて行かんでもいいがいや」

チラッと見ると、十四、五歳ぐらいの生意気盛りで、からかう言葉もろれつが回らず、足元もふらついていている様子です。こんな青二才の酔っ払いなど無視するに限ると思ったトヨが足を早めようとしたところ、思いもよらぬ身軽さでトヨの前に回って立ちふさがり、右へ抜けようとすればツツッと動いて両手をひろげ、左へ出ようとするともう一人がそっちで通せんぼをします。

どうしようかと思って目を横の方へ走らせると、ニヤニヤしながら見物している二、三人の男に気がつきました。しかもその中の一人は、夫の元同僚だった下伝馬町に住んでいるあの男です。

とたんにトヨの堪忍袋の緒が切れました。

幾らか年下らしい青二才の方へずいっと近づくと、向こうの腰が引けました。

（今やっ！）

トヨはスッと右手をのばして相手の後ろ襟、左手で帯をぎゅっとつかんだかと思うと、まっすぐ上へ吊り上げました。

思ってもいなかった力業にその子はど肝を抜かれたらしく、吊り上げられたまま口をポカンと開け、目をパチパチさせて、だらんとぶら下っています。

「こんな悪さ、二度と出来んように川原に放り投げてやっか」

「か、か……」

「何やと？　もっとハッキリ言わんかい！」

「か……堪忍、して……」

「二度ともうやらんか」

「し……ません」

「神様の前で言うたことやぞ。忘れるな！」

そう言って体をくるっと回したトヨが両手をパッと離したとたん、ドサッと落ちたその子はへなへなとくずれおちてしまい、もう一人はとっくに逃げ去ったらしく影も形も見えませんでした。

そんなことなどどこ吹く風と、涼しい顔で歩き出したトヨの後ろの方で男たちの声の中に、「ヒッヒッヒ」という笑い声も入っていましたが、後は野となれ山となれ。間もなく帰り着いたトヨにいきなり飛びついて、危く倒しそうにしたのは、祖母そっくりの（イヌ年生まれの）孫娘でした。

第三話

ねんねを守った数え唄

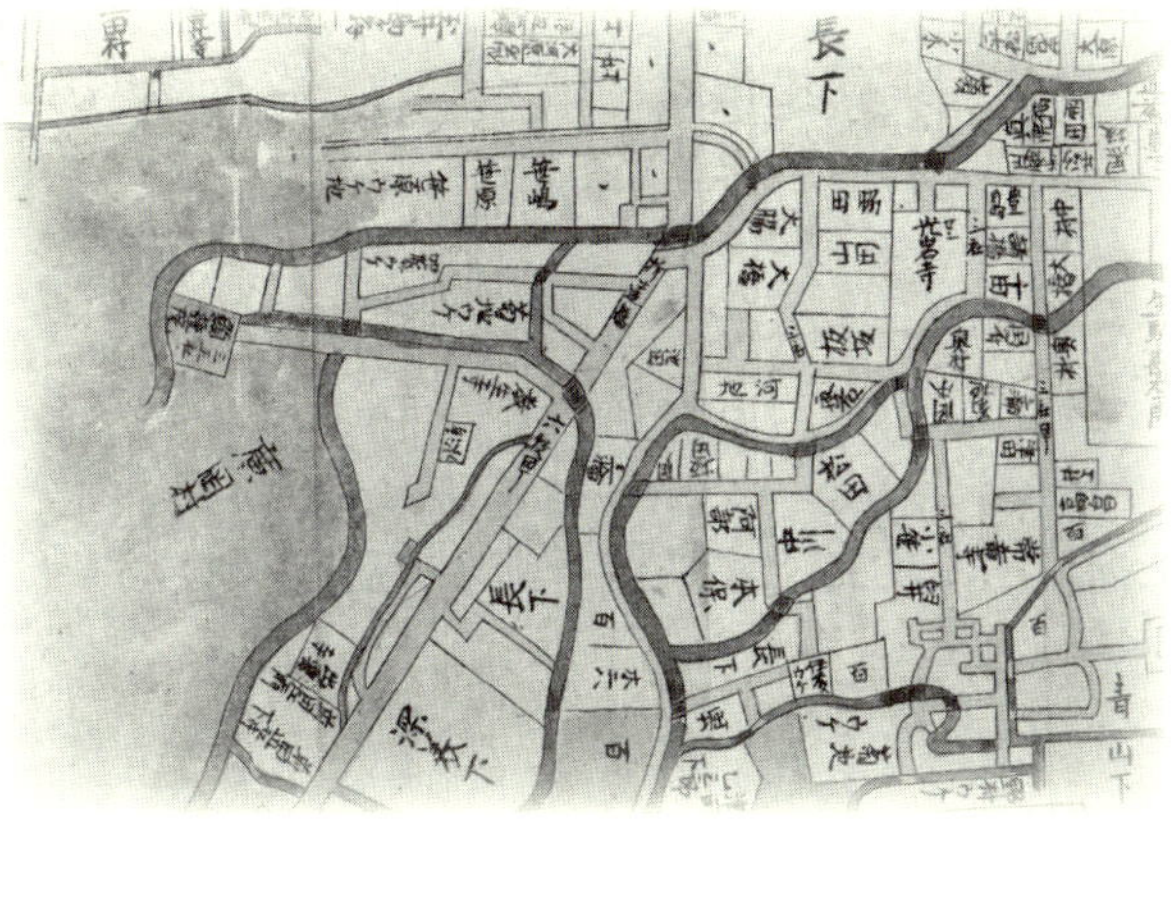

第二話から丸五年経った享保四（一七二四）年十一月初め、現在四つ辻の名としてしか残されていない六枚町の町角に、小松屋伊兵衛という小さな魚屋がありました。

そこはこのお話の百年前に開通した宮腰街道（現金石街道）の出入口でしたから、この店の朝は、夜明け前にその一本道をやって来た浜の男たちの威勢のいい声で始まります。

「お早よさーん！　何や朝っぱらからその寝ぼけ面は。そんな顔しとっと、エビやイワシにそっぽ向かれっぞ」

十年以上前から付き合いがある男たちが運んで来た、今朝とれたばかりの魚を手際よくいつもの場所に並べるのを見て、店の主人伊兵衛はその漁師用の仕入れ帳にさらさらと魚の名とそれぞれの数を書き込みます。

「こない（こんな）キトキト（新鮮な）な魚を毎度あんやとな」

「じいじの代からの付き合いやがいや。ほんなら、明日またな」

その漁師が戻って行ったのと、ほとんど入れ替りのように次の男がやって来ます。

「しもうた、今日は二番手やったかいや。ほやけど、おらの方が二倍も三倍もいい品やぞ」

こんな調子でやって来る浜の漁師を、三人四人と受け入れているおやっさんの一方で、ババさまとおかみさんは、手をまっ赤にしながら今仕入れたばかりの砂まみれの魚を井戸水できれいに洗います。冬になって間もない時期ですが、ブリをはじめ、サケ、タラ、サバ、カレイ、エビ、ズワイガニ、イワシなど、わくわくする程、品沢山ですから、女衆もひとりでに力が入ります。

また、店の奥の台所では、下女《べーや》のおモンが、かまどの前で火加減を見ながらご飯を炊いています。おモンは六枚町の西隣りに続く戸板村長田の農家の子で、十歳になった去年の春、その正月に生まれたおタマの子守として小松屋に雇われたのですが、今ではこの店の台所を担う一人前の働き手です。

やがてご飯が炊き上がった頃には店の準備も一区切りついて、ほっとした三人が奥へやって来てちゃぶ台を囲むと、たっぷりの麦飯に豆腐の味噌汁に沢庵の漬物で、大人三人の朝飯が始まります。

その一方台所では、居間から聞こえるフーフー、ズルズル、バリバリッという音を嬉しく聞きながら、おモンは赤ちゃんおタマのために、七輪でトロトロのおかゆを作ります。だからおモンの朝ご飯はおタマに食べさせながらになりますが、それもすっかり馴れてます。

間もなくさっさと朝飯をすましたおやっさんとババさまが魚の値付けをしに店へ行き、それに合わせたように泣きだしたおタマの、おむつを替えたり着替えをさせたりしたおっ母さんが店へ戻って行くと、

「ターマ、マンマ。ターマ、マンマ」

の元気な声で、二人の朝ご飯が始まります。

生まれて丸一年たった今年の三月頃、「バーバ」「カータン」「トータン」などと言い始めたおタマは、それから半年以上たった近頃ではいろいろ話せるようになっていました。そのせいで、おタマが寝ている間はシーンとしていた小松屋も、起きたとたんにパッと明かりが付いたようになります。

そしてその活気に吸い寄せられたかのように、近所に住む小松屋の売り手の男がのっそりとやって来ます。

「ちょっこり遅かったけ」

「なんも、なんも。こっちも支度が今出来たばっかりやし、丁度いかった」

と、あごで示す店の前には、活きのいい魚をギッシリ詰めた平桶が四つ、二本の天秤棒と共に待ちかまえており、おやっさんはその男に値段の札を指さしながら説明を始めます。

その頃合いを見て奥へ入ったおかみさんがおタマを抱えて見送りに来、おモンも付いて出ます。丁度出かけるところでした。

「ちょっこ白いもんがちらつくかも知らんけど、魚にゃ何よりや、さ、行くぞ」

「へいっ。ヨイショッ」

重そうな桶を両端につるした使い馴れた天秤棒を肩にかついだ二人が、勢いよく歩き出すのを見て、おタマを引き取ったババさまが声を張り上げます。

「気ぃつけて行ってらっし」

すかさずおタマが叫びます。

「キーテッテ、イッタッチ！」

この嬉しい声援に元気をもらい、一人は鞍月用水沿い、もう一人は大野庄用水沿いに遡りながら、侍屋敷や町家が並ぶ町々を呼び声高く売り歩くのです。

その二人が店を出たと同時に、店頭に並んでいる魚に目を丸くしているおモンにおかみさんがふっと話しかけます。

「悪い風邪がはやっとるらしさかい気を付けな」

「え？　風邪ですけ。わては何も……」

「あんたのことやのうて、おタマのことや」

「へ、へい。すんません」

当のおタマはババさまに抱かれてご機嫌です。

店の前で人の通る姿を見ていたババさまが、抱いたままおタマに話しかけます。

「まんま、たーんと食べたかい、おタマ」

「ターント、タンタ」

「かたい子（いい子）やな。おタマは」

「ターマ、カッタ、カッター」

いつもならこの後二人で散歩に出掛けるので、それをおモンが言おうとした矢先、おタマが「クシュン」とくしゃみをしました。すかさずおかみさんが言います。

「おモン、今朝はちょっこり冷えてきとるさかい、中で遊ばしてやんまっし」

そこでおタマを抱いて奥へ引っ込んだおモンは、正月にババさまがこしらえた色とりどりのお手玉を取り出しました。その一つを手の平にのせて、

「ほら、てんてんてんてん……」

とわずかずつはねて見せると、向かいに坐ったおタマが上手にまねをします。

「テンテンテン……」

しばらくそれをやりながら、次に何をしようかと考えているうちに、お手玉をポイッと横へやったおタマがおモンに向かって、パッと両手の平を広げて軽くゆすりながら唱えました。

「ヒーフーミー、ヒーフーミー……」

これは十日ばかり前にやり出してから、毎日二、三回はやるおタマお気に入りの指遊びです。おモンも笑顔で答えます。

「ああ。あーうまかったの遊びやね？」

「アーマーカッタ、ウッタッタ」

そこで膝をつき合わせて坐った二人が、手の平を当て合って唱えます。

「トントントーンのヨイヨイヨイ」

そして、おモンは手を下ろし、おタマが立てたままでいる手の指の頭を、人さし指で軽く突っつきながら唱えます。

「ヒーフーミーヨー、イームーナ、ヤーッツ、ココノツ、トーフをペロッ」

ここで人さし指は引っ込めて両手をのばし、おタマのふっくらした両頬を両手で軽くはさみ、

「アーウマカッタ、ウシャマケタ」

と唱えながら、そっと両頬をはたいたり、指で軽くつついたりします。

この唱え言葉が、おタマの口では、

「イーウーミーヨー、イーウンナ、ヤーット、コナット、トーペッペ、アーマーカッタ、ウッタッタ！」

となって、これだけの遊びですが、おタマは決して一回だけでは止めず、三回、四回、多い時は七回も続けたこともあります。しかしこの日は、四回目に入ったあたりで戸外が明

るくなっているのに気がついたおモンが、これなら外に出られそうだと思ったと同時におタマが手を下げて言いました。

「オンモ、イコ」

それで手をつないでお店に出て行き、丁度客を見送ったばかりのババさまの所へ行ったおタマが言います。

「ターマ、オンモ」

「ハイハイ、分かったよ。おモン、ぼんぼ（おんぶ）してぬくといがにして、その辺一回りして来まっし」

早速言われた通りの身支度をしたおモンは、二人の声に送られて店を出ます。

「気ぃ付けて行って来まっし」

「おタマ、かたいこ（いい子）にしとるがやぞ」

「アーイ！」

弱い陽ざしの下、おモンがまっすぐ向かったのは鞍月用水でしたが、いつもと違って今日は弱いながらも冷たい風が吹いていて、この用水路沿いの小路の散歩は風邪の元です。

「タマちゃん、ここあんまりさぶいさかい、あっちのノンノさん（お寺さん）行こ」

でも返事がないのは多分いい気持でうとうとしているからでしょう。それも又良し、おモンは青草の辻がある近江町へまっ直ぐのびている通りをゆっくり進み、一番手前にあるお寺の光徳寺前で足を止めました。

背中のおタマが目をさましたらしい気配がします。ここはおタマのお気に入りの散歩先で、門前のツバキがまっ赤な花で一ぱいです。

「タマちゃん、目んめ、さめた？　ほら、ツバキのお花、きれいでしょう」

「チュバチ？」

「ほうや。寒なったさかい喜んどるがよ」

と、落ちている花を一つ拾って渡そうとしましたが、おタマは手足をバタバタさせて、

「モンネエ、アッチ、アッチ、イコ」

どうやら境内へ行きたいようなので、拾った赤い花は元へ戻し、ちらほら出入りしているお参りの人が見える境内に足を進めたおモンは、いつものように本堂正面の階段下で手を合わせ、これからどうしようかと迷っているのを見すかしたように、おタマの声。

「モンネエ、オンリ！」

「ほやけど、今日はねえ……」

いつもはここで隠れんぼをしたり、鬼ごっこをしたりするのですが、今日はそれどころではありません。しぶっているおモンにおタマはいらだちます。

「オンリー、オンリー、ウエーン……」

「かんにんな、おタマちゃん……」

手足をバタバタさせて泣くおタマにおモンも困り果てて、自分も泣きそうになった時、声がしました。通りすがりのおばあさんです。

「おお、どうしたがや、タータ（お嬢ちゃん）。よしよし、いい子や、いい子や」

と言いながら、懐から取り出したふきんでおタマの顔を手早くぬぐって続けます。

「ばーばが、まーい物やっさかい、ご機嫌直そ。ほーれ、どうや」

おばあさんが手下げ袋から出したのは、きれいに粉をふいた干柿でした。つい四、五日前におモンの実家から届いたのを食べたばかりですから、おタマもぴたりと泣き止めました。

「マンマ、マンマ」

「ほうや。うちへ帰ってから食《た》んまっし」

そしておモンにその干柿を渡しながら付け加えます。

「うっかりしてねんねに種を食べさせんよう気ぃつけまっし」

「へえ。大きにあんやとございみした」

と言っておじぎしている間に、そのおばあさんは、裾さばきも軽やかにお堂の方へ行ってしまいました。

早速お寺の門を出て、お店を目指して足取り軽く歩き出したおモンの口から、ひとりでに掛け声がこぼれます。

「ヒーフーミーヨー、イームーナ、……」

その背中におぶわれながらおタマももっと大声で合わせます。

「イーウーミーヨ、イーウンナ……」

行き交う人たちを思わず笑顔にさせてしまう、楽しい帰り道でした。

こうして機嫌よく店に戻ったおタマは、おかゆをたっぷり食べた上にあの干柿もペロッと平らげ、満足して眠ってしまいました。

これでしばらくは手が空きますから、おモンはおかみさんに断っておタマのおむつや下着、自分の汚れた物を洗うため、近くの洗濯場へ出かけました。

そこにはいろんな年令の女の人が来ていて、ほとんどが顔なじみですから、明るく挨拶して仲間入りしたおモンはさっさと洗濯を始めました。

皆は仲良くしゃべりながら手を動かしていますが、おモンは無口な子として受入れられているのでこの日も黙ったまま洗い終え、帰ろうとして立上った時、いつもは皆のおしゃべりの輪にいる村での幼なじみの子が、独り離れた川下でしょんぼり仕事をしています。

「あのう、あの子、何かあったがですけ」

隣にいるおばあさんにそっと聞くと、同じように声をひそめて教えてくれました。

「あの子がばっかい（世話）しとるねんねが、ホウソにかかったがや。あんたんとこのねんねまも、せっかく気ぃつけにゃ」

疱瘡《ほうそう》、伝染病の一種である天然痘は、原因も予防法も当然まだはっきりしていませんでしたから死ぬ子も多く、運よく治っても顔にぶつぶつが残る、本当に怖い病気でした。だからおモンはその子に対し、（かんにんな）と頭を下げて帰りかけましたが、思い付いてちょっと寄り道をすることにしました。

思い返せば去年の春小松屋へ出かける日、朝から苗代作りに精出している祖父《じい》ちゃんに挨拶に行くと、青空の下、遥か遠くに見えるまっ白な白山に手を合わせ、しみじみと言いました。

「われ（お前）が奉公するそのお店から、あのお姿が拝めっかどうか分からんけどか、見えんでもあのお山な、われをちゃーんと見守っとっておいでっさかい、それをいっつも忘れんようにせいや」

更にその後、おモンに付き添ってくれたばあちゃんは、大小の木々が立並ぶ山奥みたいな三社のお宮さんにおモンを連れて行き、よくお参りをした上で言いました。

「この先、何か困ったことあったら、このお宮さんにお参りしまっし。ここに祀《まつ》られとんなる白山比咩命《しらやまひめのみこと》さん、あの白山の女神さんが、モンがしたらいいことをちゃんと教えて下さるで」

洗濯物をそばに置いたおモンは、祖父ちゃん祖母ちゃんが一緒に参ってくれている思いで柏手を打ち、（おタマちゃんをどうかお守り下さい）と繰返しお祈りをしました。

それについつい時間がかかったのでしょう。その後は大急ぎで帰ったのですが、店に入ったとたんにババさまの大雷。

「どこで油売っとったんや、このクソ忙しい日最中《ひざなか》に！」

たしかにお店には客が何人もいて、お母っさんはもとより、むずかるおタマを背負ったババさまもその応待に大忙しです。平謝りに謝りながらおモンはおタマを貰い受けて、縄のれんの奥へ消えて行き、

「かんにんなあ、おタマちゃん」

と、抱っこしたままおでこをくっつけると、それだけでおタマは大はしゃぎ。

「キャッキャッ、キャー！」

の笑い声が、お店の空気をやわらげます。

一度にご機嫌を直したおタマは、裏の干し場へ行くおモンによちよち歩きで同行し、そ

れがすんだら居間に戻って、ヒーフーごっこ。

「トントントーンのヨイヨイヨイ、ヒーフーミーヨー、イームーナ」

「ヤーット、ココット、トーペッペ。アーマカッタ、ウッタッタ！」

おタマも大声でおモンに合わせ、最後の一節を思い思いの動作でし終えたとたん、おタマははじけるような大笑い。そして始めからもう一度。

そのうちにお客の中にのれんを分けて覗き見をする人も出て来ます。やがて帰って来たおやっさんが思わず顔をほころばせたのは言うまでもありません。そしてこの日もいつものように夕方には大戸を下《おろ》しました。

そうして翌日。日の出前に朝とれた魚が勢いよく運び込まれ、その魚をいつもと同じように男二人が売りに出掛け、おモンはおタマに朝ご飯を食べさせて、仲良く一緒に遊びました。

この間、後で気が付いたことですが、この朝おタマは起きる時の動作が少し遅く、おかゆを食べるのにいつもの倍ぐらい時間がかかり、遊ぶ時の動きもちょっとのろのろしているように感じましたが、笑顔はいつもの明るさでしたし、声もほぼ普通でしたから特に気にも留めませんでした。

続いての外の散歩では、やはりおタマをおんぶして今日は三社のお宮さんへ行きました。

次々とお参りに来る人にまじって拝殿の前に立ったおモンは、背中のおタマに言いました。

「さ、ありがたーいノンノ様にお参りしょ」

「ノンノチャマ?」

「ほうや。タマちゃんを守って下さる神様や」

(どうかこの子をお守り下さいませ)

それから広い境内をぐるっと回って店に戻り、昨日と同じようにおタマにおかゆを食べさせたのですが、いつもと違って食べている途中で首を振ってイヤイヤをし、大きなあくびを一度、二度としています。

「どしたがやタマちゃん、ねんねしたいが?」

「ネンネ……」

もう半分眠っている目付きなのです早く布団を敷いて運び入れたら、もうぐっすりです。

それで急に不安になったおモンが店へ行くと、丁度お客は誰もいません。

「あら、おモン。おタマは?」とおかみさん。

「へえ、ぐっすり眠っとっし、洗い物しに行ってもいいかどうか……」

「そんなこと、いちいち尋ねに来んでもいいやろ」

と、ばばさまが言ったところへお客さんが来たので、おモンは昨日も行った洗い場へ出かけました。

それでもおタマのことが気になって仕方がないので、おタマの物だけ急いで洗ってすぐに店に戻りました。

その頃、店ではひと騒ぎが始まっていました。

いつもより早く売り切れて店に戻って来たおやじさんが、いつも出迎えてくれるおタマが出て来ないのを不審に思い、空っぽになった桶を洗いながら言いました。

「おい、おタマはどっか行っとるがか」

「いえ、奥で昼寝を……」

と言いながら中へ引っ込んだおかみさんが、おタマの枕許へそっと行き、

「おタマ、さ、お父っつぁんとこ行こう」

と抱き起しかけてハッとしました。

おタマがまっ赤な顔をして小さな口を開け、苦しそうな息づかいをしています。

「おタマ、おタマ、目ぇ開けまっし」

そう言っている時、裏口からおモンが戻って来ました。そっちをチラッと見たおかみさんはおタマの額に手を当てて、

「えらい熱や。おモン、こないになるまで何で気ぃ付かなんだがや」

「へ、へい、そやさかい、さっき……」

「そんな所でボーとしとらんと、おタマの乾いた寝巻と汗拭き、ちゃっと持って来て」

そして、二双の屏風で寝床を囲んだ上で、おタマを抱いてぐっしょり濡れた着物を脱がせ、おモンが差し出す手拭で手早く汗を拭い取って寝巻もおむつも交換し、再び寝かせたところへおやじさんが入って来ました。

「何やら声しとったけど、どうかしたがか」

熱があること、息苦しいそうなこと、体のあちこちに赤いブツブツが出ていることなどをかみさんから聞いたおやじさんは言います。

「こりゃ早いとこ医者様呼んだ方がいいかも知れんぞ」

「ほやけど、一晩様子見てからでも……」

見ればおタマも寝巻などを換えてもらってすっきりしたのか、スヤスヤと眠っています。

「ま、ババさに一言知らせて来るわい」

とりあえずの対応として赤い顔をしているおタマの顔を濡れ手拭で冷やしている所へ、間もなくおやじさんが戻って来ました。

「やっぱ医者様呼ぶことにした。島田町の水野了安先生なら目と鼻の先やし、わしゃ行ってくっし、湯沸かいて待っとってくれ」

その仕事はすぐにすましたのですが、肝心のおやじさんがなかなか戻りません。おモンは、おタマに付きっきりのおかみさんに一言言って、そっとお店へ出て来ました。

そこにはお客さんは一人もおらず、ババさまがいらついた顔で立っていたので、その前で頭を深々と下げました。

「かんにんして下さんし。わてがうっかりしとって……」

「やかましわい。そのダラっ面見とるだけで腹立つし、すぺーっと消えてまえ、この阿呆んダラ」

今まで見たことがないババさまの見幕に、居たたまれなくなったおモンはふらっと店の前へ出て、気が付いてみたらこんもりした木々の中に来ていました。

その目の前に見なれたお宮の拝殿があり、おばあさんが一人、拝殿の前の十間半（三十メートル弱）ほどある中庭を横切って、五、六段ある石段を降りては引き返し、拝殿の前で柏手を打ってお参りをするという動作を繰り返しています。

（ほうや、わてもああやってお参りしょう）

おモンはわら草履を懐にしまい、行っては戻るお参りを心を込めて始めました。

（ヒメ神様、おタマちゃんをお守り下さんし。お願いします。お願いします）

このお参りを何十回やったでしょうか、頭がぼうっとして何も分からなくなったその時です。

耳の奥からおごそかな笙の音が聞こえたかと思うと、まっ白な衣をまとい、銀色に輝く冠をいただいた女神さまの、鈴を転がすようなお声が聞こえて来ました。

「おモン、直ちに店へ戻るがよい。そやけど、この社を出て初めに会うた老人を忘れまいぞ」

そのお姿がスッと消えると同時にわれに返ったおモンは、このお告げを口の中で繰り返しながら店に向かって歩き出しました。

このようにおモンが三社のお宮さんで一心不乱にお祈りを始めた頃、六枚町の小松屋では、うち沈んだ顔で戻って来たおやじさんが、首を長くして待っていたババさまに、医者探しが不成功だったと告げていました。

するとそこへ足音高く乗り込んで来た、足軽風な男がいました。

「何や二人ともしょむない顔して。あのおタマ姫が天狗にでもさらわれたんか」

「いやあ、さらわれはせんけど、体こわいてしもて、てきながっとる（苦しんでる）がや」

「ほんなもん医者呼びつけりゃいいがいや」

「それがなあ、頼みに行ったけどうまい返事もろわれなんだがや」

「なんでや。あの島田町の了安やったら、ついさっきも裏庭の何たら言う自慢のツバキをばっかい（手入）しとったぞ」

「いや、その了安先生も、そのつい向こうの木ノ新保の吉田喜悦先生も三木先生も、皆留守やったがや」

「ハーン、お前、ねんねが具合悪いって説明したがやろ」

「そう言うが当たり前やがいや」

「ダラ、近頃金沢中でイモ（疱瘡）はやっとるし、ねんね診るがをいやがるヤブが多いがや。了安の奴、居留守使うたに決まっとっし、わし行って引っぱって来てやっか」

と威勢のいい男は、光徳寺の斜め向かいにある前田近江守の下屋敷の一軒に親の代から住んでいる、本屋敷の門番の一人、近藤藤左衛門でした。

見た目もごっついし言葉づかいも荒っぽいのですが、子どもや老人にはやさしいため、この辺ではけっこう人気者でした。

だから、こんな話をしている最中に戻って来たおモンは、どう挨拶して通り抜けようかと、ちょっと足を止めた時、藤左衛門さんのこんな言葉が耳に入って来ました。

「こんな時、道順先生ならゴタむいたりせずに（理屈抜きに）、二つ返事で気軽に来てくれるがやけどな」

「あの先生の住んどられっ所は、えーと……」

「ご門前町や、南町の向こうの」

「ほうか。ちょっこ遠すぎるな」

「それにもう六十三やったか、四やったか、やっぱ無理やな」

藤左衛門さんのこの一言がおモンの耳にピッとひびきました。

「あのう、ほの医者様の名字は？……」

「ああ、びっくりした。お前いつからそこにおったがや。キツネ年生まれでないやろな。わしらが今言うとったがは、津田道順先生、二年前に亡うなった初代の弟さん、上方で長いことやっておられた二代目さんや」

「わて、その二代目の先生、今さっき、ついそっちで見ました」

「おモン、何を寝言言うがいや、大人の話に口はさんで」

「いやいや、寝言じゃないかも知らんぞ伊兵衛。おモン、どこで見たがや道順先生を」

「三社のお宮さんのこっち側の、平田様ちうお屋敷に入って行かれて、お供の人がかづいとった塗箱に津田とでっかく書いてありましたし、そのお屋敷の方から、津田道順先生ご到着っちゅう声も聞こえました」

「こりゃ間違いないぞ小松屋」

「うむ。あの平田様ならわしもごひいきにしてもろとるし、わし行ってお願いして来る」

「おモン、お前も念のためおやっさんに付いて行け」

そしてお願いに行った小松屋の誠意が通じたのでしょう、そこでの用事がすみ次第直ちに行くという返事がもらえました。

でも、その返事を持って戻って来た時にはおタマは再び顔を赤くほてらせて、息苦しそうにあえいだり、ひきつけそうになったりしています。

その度におかみさんは声をかけます。

「おタマ、てきない（つらい）やろけど、じきにお医者様なおいでっさかい、もうちょっこり辛抱しまっし」

ババさまは仏壇に明かりを灯して、普段の倍くらい声をはり上げてお経を読んでいます。

居たたまらなくなったおモンは平田様のお屋敷の近くまで行き、お宮さんの方に向かって手を合わせ、繰り返しお祈りをしているうちに、やっと道順先生が現れました。

（よかったぁー）

辺り一帯に夕暮れが迫っていてお宮さんの木々の上でカラスがしきりに鳴き合っていますが、そっちに背を向けて一目散に走って帰って報告します。

「もうじきお着きになりまーす！」

その一声で皆がふっと息をついたところへ、

「やあ、お待たせ」

と道順先生はスタスタと軽やかにやって来ました。そして、おタマが寝ている部屋へ入って来るなり行灯を言いつけ、母親とおモンからこれまでの状況を聞いた上で、母親におタマを抱きかかえさせました。

いよいよ診察です。

まずおタマの顔を正面からじっくり見、続いておタマの右手を取って脈拍を確かめ、手の平、とりわけ指の内側を入念に診た後、二、三度軽くうなずくと、伊兵衛や藤左衛門を含めた皆の顔を見ながらゆっくり診察結果を発表します。

「たしかに熱は高いし脈もかなり早いな、ほやけど指のこの三段目の様子を見る限り、命にかかわるほどの病状ではおまへん。通常の風邪でおます」

自身たっぷりのその言葉に、とりわけ両親はほっとして互いにうなずき合いました。藤左衛門が早速確かめます。

「疱瘡の恐れについてはどう見られる?」

「熱が出てまだほとんど間無しやさかい断言は控えるけど、指のここがそれほど赤うないところから判断して、その心配はいらんと思う。

ほれ、ここのぶつぶつも消えかかっとるやろ？」

「いかにも。それならば薬は葛根湯《かっこんとう》か」

「いや、それよりも、このようなねんねの風邪に対してかねて調合した飲みやすい薬を用意しとりますさかいに、それをまず与えることにしまひょ」

そしてお供の若者に薬箱をさし出させ、小さな入れ物に入っているツルッとした寒天《かんてん》のような物を、小さなさじですくっておタマの口先に出し、

「さあまんまやぞ。お口をアーン……」

その誘いにつられて、目をとじたままポッと開けたおタマの口の中へその薬はスルッと入っていきましたが、すぐに顔をしかめたおタマは、ペッとはき出してしまいました。

「おタマ！」

「いやいや、この子ははしかい（敏感な）さかいに、この薬のピリッとした苦味がすぐに分かったがやろ。かんにんな」

そしてお医者様は薬箱を探して、二、三種類の茶色や黒っぽい材料をそっとつまみ出しました。

それを見るなり藤左衛門、

「わしに出来そうなことならば、何なりとお手伝いいたしまっそ」

「こりゃかたじけない。そしたら、この者がこの葛根を薬研《やげん》で粉にする間に、このショウマの根を細《こま》こうきざみ込んで下さらんか」

「ほい来た合点承知の助」

二人がその仕事を始めるのと同時に、お医者は小鉢で白と黄色の粉を小さなすりこぎでこすってまぜ合わします。

父親は部屋の隅で坐ったまま目をつぶり、母親は自分に抱かれたまま眠っているおタマに小声で話しかけます。

「おタマ、あんたは生まれたなりからきかん子やったし、病気なんかに負けんよな。元気になったら豆腐をペロリ、おモンねえと一緒に食べような」

それを聞いておモンが涙をこぼしそうになった時、さっきからもずっと続いているババさまの読経の声にまじって、藤左衛門のだみ声がしました。

「さ、出来上がりー」

そこで道順先生がそれぞれの薬をうまく練り合わせて、ハマグリの貝がらを利用したさじに入れ、けさんというへらのような道具をおタマの口にさし入れて、歯を開けさせ、薬を詰めた貝がらをうまくさし入れて舌の上でクルッと回しました。

間もなくおタマののどがゴクッと鳴って、うまく薬を飲み込んだようです。

（よかった）

と皆が安心するなか、先生は貝がらをはさんだ箸を抜きかけてハッとしました。

メリッと貝がらが割れたような音がしたような気がしたものの、ともかく確かめなければと、けさんと箸とを抜き取ってみて先生はがっくりしました。すかさず藤左衛門の声が飛びます。

「どうした先生！」

「す、すまん。貝が口ん中で割れて、かけらをこの子が飲み込んでしもた……」

「えっ。そのかけらで、のどがつまったりせんやろな」

その時、おかみさんが叫びました。

「おタマ！　おタマッ……」

しきりにおタマをゆさぶりますが、おタマは呼吸をしなくなり、見る見るうちに顔が白くなっていきます。

奥の間から転がり込んできたババさまが、

「おタマッ、目ぇ開けまっし、おタマ……」

と揺さぶりますがおタマは何の反応も見せず、ババさまはそこに泣きくずれ、おタマの脈を再び確かめた道順先生が、大息をついて白髪頭を左右に振りました。

「チクショウッ！……」

とうなだれる藤左衛門の横で、伊兵衛が両手をついてゆっくり言います。

「道順先生、藤左衛門さん、これがこの子が天から授かった寿命やったがやと思います。本当にいろいろあんやとございみした」

それを聞いておモンは思わず（ええっ、うそ……）と言いそうになりました。

それからおやっさんは、まだおタマを抱いたままのおかみさんのそばへ行って何か話しましたが、

「いいえ、この子はまだお腹に温《なか》もりが残ってます。死んでなんかおりません！」

と、いつものおかみさんとは別人です。

この一言で、まるで夢を見ているような気分だったおモンの心に、パッと火が付きました。いきなり勝手口から飛び出ると、三社の方に向かって手を合わせて尋ねました。

「女神さま、わてに今出来ることないですけ。あの子の命を救うためなら、何でもやりまっさかい……」

すると、暗いくもり空に一か所だけ、ぼんぼりが灯ったように明るくなり、澄み切った声が降りてきました。

——ひいふうみいよ、いつむうな……

「あんやとございみした!」

駈け戻ったおモンは、まだおタマを抱いているおかみさんの横に坐り、冷たいおタマの手を握り、はっきり唱え始めました。

「トントントンのヨーイヨイ、ヒーフーミーヨ、イツムーナ、ヤーツ、ココノツ、トーフをペロッ。ああうまかった、牛ゃ負けた」

いつの間にかおかみさんも一緒に唱えていました。

ところが、二人がこれを唱え終えた時、もう一声、小さな声が聞こえて来ました。

「アーマーカッタ、ウッタッタ」

「おタマッ」

それからは文字通り上を下への大騒ぎでした。

なお、その貝がらのかけらは、二、三日後、おタマのおむつにちゃんと入っていたそうですし、道順先生はこのことを忘れられない思い出として、誰にでも語ったということです。

第四話　享保の時鐘作りのひと騒ぎ

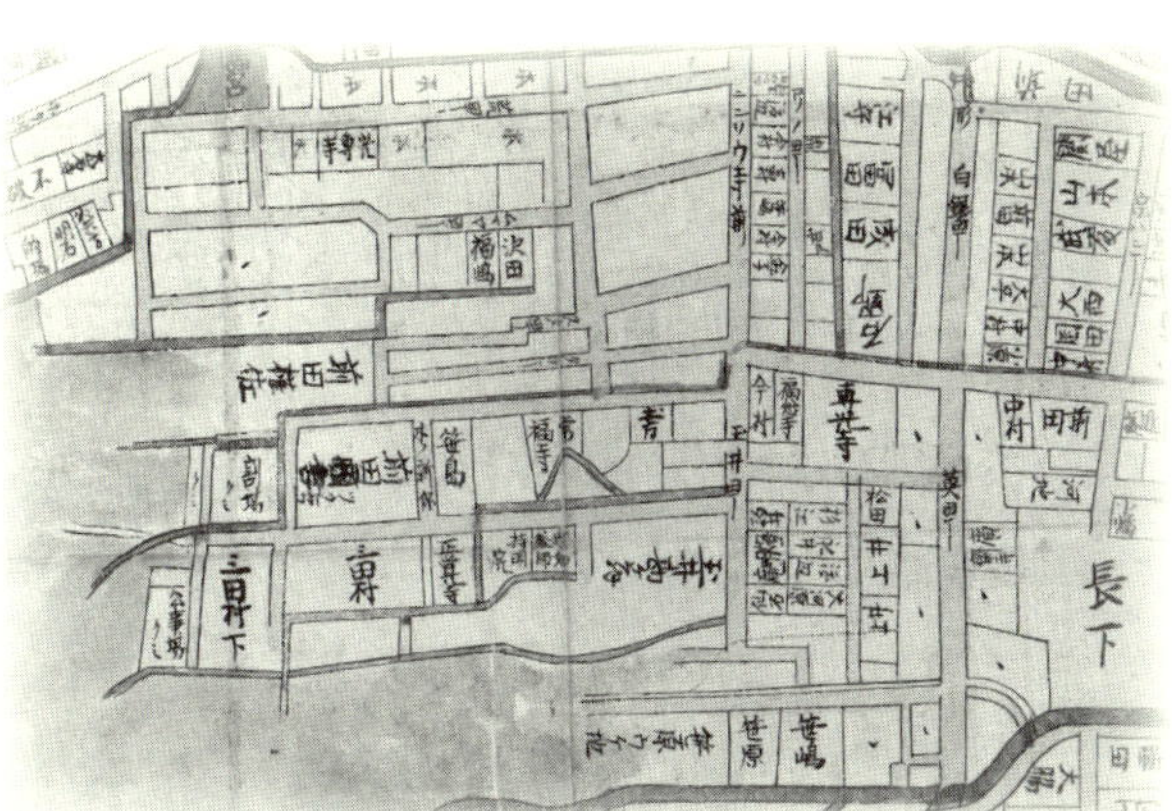

「おい、近頃お城から聞こえる時鐘《ときがね》の音、何やら変でないか」
「へえ、お前《まん》もほうか。わしゃ、てっきり自分の耳な悪なったせいやと思とったけど」
「うちのじゃあま（妻）もほう言うとるさかい間違いない」
「あの顔は化物やけど耳は地獄耳のあれが言うがなら決まりやな」

こんなやり取りが金沢のあちこちで聞かれるようになったのは、享保九（一七二四）年春のことでした。時鐘というのは、一日を十二時に分けて時刻を知らせる藩の特別の鐘のことです。

わが国で時計が広く普及するのは明治になってからですから、時刻を知らせる鐘の音がおかしいというのは、侍衆ばかりでなく金沢の多くの住民にとって社会的に強い関心が持たれる現象でした。

だから間もなく、その噂は、藩の役所では直きに作り替えることにしたらしいとか、それを受け負うのは白髭《しらひげ》下（現本町二丁目）に住む釜師四代目宮崎寒雉《かんち》以外にいないだろうとか、いや、あれは鐘など作ったことないからやはり越中高岡の鐘師に頼むことにしたらしいとか、盛んに言われるようになりました。

恐らく寒雉こと宮崎彦九郎本人の耳にも、この噂は届いていたと思われます。

ところが、この噂を一挙に吹き飛ばす大変な出来事が突発しました。

それは、三十年間も藩を背負って来られた五代目藩主前田綱紀侯が、江戸赤坂の上屋敷で五月九日に亡くなられたことで、その四日後という信じられない速さでお城にその報せが入ったとたん、城内は大騒ぎになりました。直ちに重役の間で会議が開かれて奥村伊予守が葬礼奉行に任ぜられ、松雲院という称号をおくられた侯の柩は、五月二十日に江戸を出て十六日かかって六月七日に金沢に到着し、その三日後に野田山の前田家墓地に葬られました。

更に引き続き六月中は小立野の天徳院で次々と法要が営まれ、七月十日に江戸を発った第六代藩主吉徳侯が十一日間もかかって金沢城に入られたことで、漸くほぼ正常に戻ったのでした。

そういうわけで、時鐘改鋳の件が藩の担当部門で公式に取り上げられたのは八月に入ってからだったらしく、四代目寒雉の所へ出頭命令が届いたのは八月半ばになってからでした。そして、衣服を改めて指定の役所へ出頭すると、直ちにいかめしい辞令交付です。

「釜造り師宮崎彦九郎、その方に時鐘改鋳を命ずる。謹んでお受け申せ」

「へへーッ」

(夢ではないぞ、夢ではないがやぞ)

べったり平伏している彦九郎を残して、そのお侍が立ち去るのと入れ替わりに、その部下らしい侍が来て、やや親しみを込めて言います。

「では、その方らが日常耳にしておる鐘その物を見てもらおう」

と案内されたのは、大手門のすぐ内側の越後屋敷という大きなお屋敷のお庭で、どこにでもあるお寺の鐘楼そっくりの建物でした。

鐘その物の大きさも小さ過ぎず大き過ぎずです。お許しをいただいて、頭から肩まですっぽり隠れる形でその下に立って、指先でその重々しい緑がかった肌をかなり力を込めて弾いてみました。

――チーン…………

澄んだ音色でその余韻が見事です。表面と内側とに沢山付けてある、イボと呼ぶ小さな球状の突起も大きさをいろいろ加減してあるのは、厚さの工夫と同様、少しで遠く広く音が伝わるようにという計算からでしょう。

やがて、そのかなりの年配の侍から、

「そなたが持って行くように予め図面を多少整えてある。これを持ち帰るがよい」

と差し出された書き物を有難くいただいて、歩き出して、おや？　と思いました。いつの間にか汗がびっしょりになっているのです。この年は四月に閏四月が加わっていましたから、八月半ばと言っても西暦では十月に入っていて風が冷んやりしていましたから、余程気が高ぶっていたのでしょう。

夢中で歩いて家に戻り着いた彦九郎はまっ直ぐ仏間に入り、祖父の霊に命令書を供えてこう言いました。

「必ず立派な鐘作って見せっさけ、安心して見っとてや、お祖父《じじ》」

そう言い終えるのとほとんど同時に目の前の祖父の位牌が、カタン！　と少し跳び上がったように思いましたが、祖父も喜んでくれているぞと受け止め、やる気を強くしました。名人と言われた祖父に追い付き、追い越そうというのが彼の目標でした。

そこで、普段着に着替えて仕事場に入り、しっかり腰を落ち着けてこれからの仕事の段取りを考えました。

こんなこともあろうかと自分への注文は今月に入って殆ど断っていましたから、安心してこの仕事に専念できます。しかし、仕事そのものの内容から言うと前段階として型を作るための木工の作業があり、安心してやってもらえる親方が絶対に必要になります。

（えーと……、何や、灯台もと暗し！　隣に長兵衛がおったやないか）

早速明日相談することにして、来て欲しい旨連絡をとっただけで、わが家の弟子や家の者にも、

「今度ちょっこでかい仕事することになった。いずれ改めて言うさかい、そのつもりで

おってくれ」

と言うに留めておきました。頭の整理がまだまだだったからです。

　そしてその明くる朝、食事が終わるのを待っていたかのように、ガラガラ声が飛びこんで来ました。

「どうした彦さん、何かやくちゃもない（とんでもない）失敗でもやってしもたがか」

それで、仕事場へ連れて行って、藩から時鐘作りを命じられたと告げる彦九郎に、

「やっぱ言うて来たか。言うて来るとしたら彦さんしかおらんとわしゃ思うとったがや。それで、わしが手伝う仕事でも何かあるがか」

　興味津々の長兵衛に彦九郎は昨夜じっくり考えた話を始めました。

　釣鐘作りそのものには鋳型作りと鋳込みの二段階があり、その本作業に取りかかる前に木型と外枠とを造る仕事と、鋳型作りや鋳込みをする時、材料の金属を熔かす強風を送り続ける、タタラというふいごを設置するガッシリした土台も必要です。更に雨風が強くなってもそれらの作業を安心してやっていける丈夫な小屋が必要であり、作業は二か月ぐらいかかるから、そこで働く二、三十人が寝泊まりし食事も出来る小屋も必要だから、その仕事を頼むということを彦九郎はじっくり説明しました。

　一方的なこの長い説明を何度も頷きながら聞いていた長兵衛が、腕組みをしたまま念を

入れます。

「つまりわしの仕事としたら、まず何よりも思いっきりがっちりした小屋を建てるというこっちゃな。そやけどその時鐘の材料って何やったい」

「銅と錫の合金や」

「ほんな物をトロトロに熔かすとしたら、よっぽど熱うせんならんがやろ？　そんな作業小屋、町ん中で建てようもんなら大バラ（大変）や。やっぱ、山ん中でないと出来んと思うけど、そのあてはあるがか」

「ま、漠然とやけど卯辰山の裏っ側かな」

「あんまり遠ない所ちうと、御所《ごしょ》か、夕日寺か」

「うむ。そのどっちかやな」

「よっしゃ。彦さん、ほの二、三軒先に九兵衛ちう御所村の出の者おるが知っとるやろ。あの男、わしも何度か手伝うてもろて気心もよう知っとるし、あいつに村の頭を紹介してもろたらどうやろ」

「長さん、それをあいつに云うてくれんけ」

「うん、引受けた。今はもう仕事でどっか行っとるかも知らんさけ、今晩行って連れて来っちゃ。おお、こりゃ忙《せ》わしのうなるな。何やワクワクして来たぞいや」

そうして、その晩やって来た九兵衛に用件を伝えて帰した後、彦九郎は、本体の材料である銅と錫、細かい砂などを含めて役所にその調達を依頼する物品名や数量を、長兵衛は、当分雇わねばならない人夫らに払う賃金等を記した書類を作り、翌日二人の連名で役所に提出しました。

それで、こんな書類など簡単に受理されると思っていたのですが、お算用場という役所へ何度も呼び出され、散々待たされた揚げ句、行く度に担当者が違っていて同じ説明も何べんも求められました。

だから、名前とは正反対に人一倍短気な長兵衛は、

「わしゃ、もう行かん。何の気になっとるやクソ役人が！」

と、すっかりつむじを曲げてしまいました。

一方同じ町内の九兵衛による仲介で九月半ばに訪れた御所村の頭の家では、村の主立った二、三人も含めて説明と相談したところ、鐘作りの作業場として良さそうな場所を何か所か案内してもらい、その一か所にすんなり決まりました。

西に面して遥やかに広がる山地で、そこへ来るなり声が出ました。

「うわぁ、よい眺めやあ。西日があないにキラキラ光って、こんな所で海が……」

「ダラ、河北潟に決まっとるがいや。その向こう側に粟崎やら大根布《おおねぶ》もベターッと伸び

とるやろ」

「ほやな。あんまりええ眺めやし、ぼうっとなってしもた。なあ長兵衛さ、ここどやろ」

「わしゃ、ひと目見るなり決めてもうとる」

辺り一面の木々の葉が赤や茶、黄色に美しく染まっている様子を見回しながら、来月初めにはここで小屋作りを始めたいと彦九郎が村の頭に申し出ると、それに応じてここまでの坂道をもう少し拡げることやこの辺の木の伐採をすましておくことを、あっさり約束してくれました。

そこからの帰り道、長兵衛は、何とかの一つ覚えのように繰り返していました。

「あこなら文句なしや。ちょっこ風当たりが強いかも知らんけど、どこでも風ゃ吹くもんやしな」

こうして場所は決まりましたから、彦九郎は、以前に長兵衛に見せて息子に写しを作らせておいた、コシキとタタラをつないで地上に据えた側面図と平面図とを長兵衛に渡しました。

それに対して長兵衛がやり出したのは、仕事場と居住用の小屋との大雑把な略図を画くことで、十月一日に取りかかる小屋作り全体の監督は、当然棟梁である長兵衛の役でした。ただし、並行して行う二つの小屋作りのうち、居住用の小屋に関しては、二十代半ばになった息子に親方見習として担当させることを古参の大工の同意の上で試みることにし、彦九郎の了解も得ました。

そして、予定通り始まった小屋作りの工事は、長兵衛とその若親方の下、新たに雇った大工やかなりの数の日雇い（当時は日用と言った）も使って順調に進んで行き、彦九郎は一日おきぐらいに様子を見に行きました。

その間、彦九郎が最も注目したのはその若親方の変り方で、日に日に親方らしさを増していく様子を見て、ある日自分の長男にも鐘作りに加わらないか尋ねてみると、こんな答が返って来ました。

「ほやけど、わし、今やっとる茶釜作りがやっと面白《おもろ》なってきたとこやし、こっち続けさしてもらえんけ」

自分にもそのような経験があってこそ今があると思った彦九郎は、二度と息子を誘ったりはしませんでした。

その間も建築工事は着々と進められ、やがて雪が積もり始めましたから、大雪になっても作業に差しつかえないように二つの小屋をつなぐ通路などを補強したりして、十二月半ばには小屋作りは完了しました。

それで、すぐに大工衆によって木型が作られる傍らで、彦九郎の指示でタタラ場に火をおこし、フイゴを踏んでかなり火力を強める実験をして、現場の準備はすっかり整いました。

「なあ彦さ。こうなったら、年明け早々役所に行って、あの年とった時鐘、もろて来まいけ」

「うむ。その前に明日にでも役所行って準備完了の報告して来よう」

「ほやけど、わしゃ行かんぞあんな所」

それもまた良からずや、でした。


しかし、新しい年を迎えて、七日経っても十日過ぎても、藩の役所からは呼び出しどころか、何の連絡もありません。

「彦さん、まだか」

「うん。なんでかなあ」

「わし、行って、ケツひっぱたいてくっか」

これが毎夕の挨拶になりました。

そんな一月半ばのある日、もう二十年余も京都の師匠の下で修行をしている同業の弟から、彦九郎が暮に出した近況報告の手紙の返信が届きました。

それには、彦九郎の今度の仕事についてまことに目出度いことだと祝った上で、京都における同業者の現状を述べ、自分が本当に尊敬出来る師匠に教えられていることを具体的にいろいろ記し、兄者にも信仰心を失わずに初めての有難い鐘造りにお励みあれと結んでありました。

それを読んだ彦九郎は、

（あいつめ、すっかり京都臭い人間になってしもたわい）

と思っただけで読み返そうともせず、墨の香が際立つその書状を自分の文箱にポンと納めて、それきり忘れてしまいました。

でも、何となくその手紙に尻を叩かれた気がして、思い切って役所へ行ってどうなっているか尋ねてみました。でも、やはりこう言われただけでした。

「追って沙汰する故、あと暫く待て」

仕方なくその通りを伝えると、長兵衛は苦虫を噛みしめた感じで、

「ふん。わしら、丸っきり大石内蔵助の決断を待つ四十七士になった感じやな」

と仕方なく認めてくれました。そして、雇う約束をしてあった全員に各自別な仕事をするように指示し、自分は息子や子飼いの弟子たちと共に短期間で出来る仕事を引き受け始めました。

それで自分もと思った彦九郎は、雪が三尺ぐらい（約一メートル）積もっている御所村の

小屋へ二、三日おきに通う外は、息子や弟子に茶釜作りの細かい技を教えたり、近くのあちこちに沢山ある寺の釣鐘を見て回ったりしました。しかし、見れば見る程それらがつまらない物に思われて、闘志をもやすばかりでした。

そうして迎えた三月三日（西暦一七二五・四・一五）の午後、明日四ツ（午前十時）に鐘を渡すから大八車とコモなどを用意して大手門前へ出頭せよという、待ちに待った命令が届きました。

「やっときたぞ、長さ」

「四十七士でのうても、明日待たるる宝船と言いとうなる心境やな」

「うむ。で、段取りはどうする」

「車はうちのが使うたらいいし、その人夫三、四人うちから出すさけ、彦さんとこも若い衆二、三人どうや」

「ああ、声掛けといた奴がおるし、これから手配する。それにわしら二人で充分やな」

「まさか余所行き着んならんことないやろな」

「屋号入りの上っ張りで沢山やわい」

明くる朝は昨夜の星空そのままの上天気でした。女房心尽しの赤飯をさっさと食べ終えた彦九郎は改めて女房に告げました。

「この度命じられた鐘造りは、宮崎家初めてのお上からの仕事や。向こうで何日も泊まり込むこともしばしばある筈やさかい、留守番、頼む」

「はい。ふつつかながら、この家確かにお預り致します。旦那さまのご無事とご成功を心からお祈り申上げます」

と、彦九郎がわが目や耳を疑う程の挨拶でしたが、まるでこの夫婦のやり取りを待っていたかのように聞こえて来たのは、ガラガラガラという大八車の音でした。

やがて勢揃いした一行の中には、長兵衛の息子の長助の外、御所村出身の九兵衛も胸を張って加わっていました。

そうして定刻の少し前に大手門に着いた一行は、直ちに越後屋敷の時鐘台の前に連れて行かれ、片膝を地面に着けて待つよう命じられました。それで彦九郎たちがその指示通りの姿勢をとった直後でした。

——ゴオーン……。ゴオーン……。ゴオーン……。ゴオーン……。オーオー……

きっかり四つ打ち鳴らされ、その余韻がずっと長く続いた後、係のお侍がその余韻そっくりの口調で彦九郎に言いました。

「以上でこの鐘はお役目を解かれた故、今その方らに下げ渡す故、直ちにここより降ろして持ち去るがよい」

それで早速長兵衛の指図でその鐘を大八車にのせる間、彦九郎は目でその様子を見守りながら、並んで立っている係のお侍に聞きました。

「この後、新しい鐘をお納めするまでは、どのようにされるがでございますけ」

「ここへは城内鶴丸に下げてある早鐘を持って参って時鐘と致し、その早鐘の代りは天徳院にある一つを運んで参る」

との返事でした。それだけを決めるために二か月もかかったのかと思ったところで鐘の荷造りは早くも終了しました。

そこで中町を下って尾張町へ出た一行は、浅野川大橋を渡って北國街道をまっ直ぐ進んで行きます。

「この道、もっとガタガタすっかと思たけど、えらい滑らかやなあ」

「きっとゆんべのうちにでっかいヘビがペロペロ地べたをなめながら通ったがや」

「いっくらヘビ年やかて、そないにでっかいヘビおるかいや」

歩きながら軽口がさかんにとび交っていますが、実は去年五代藩主だった松雲院様のご遺体が金沢へ戻って来られる時、津幡からこの大橋までの街道を極めて多数の人夫を使って整地した、その成果がまだ残っていたのです。

その平らな道をゴロゴロ進んで、大樋町の里程標の松を左手に見ながら、金腐川《かなくさり》の橋を渡った所で右に折れ、その川に沿うようにして低い山間の路をゆっくり上って行くと、あの自分達の小屋が見えて来ます。急に重みが出て来た車を皆で押したり引いたりして行くうち、村の頭を先頭に去年会った四、五人が揃って出迎えてくれました。

「ようこそご無事のご到着、ご苦労様でございました」

その人たちの話によれば、この村では山に遮られて聞くことが出来ないが、尾山の町へ用があって行く度に耳にするこの時鐘その物を、これが熔かされる前に一目見たかったのだそうです。

それを知ったこの村出身の九兵衛が、つい先程この鐘が最後のお勤めをするのを一間（約一・八メートル）程の近い所で聞いた時の様子を、実際に目に見えるように話して聞かせたから堪りません。

「永のお勤め、ほんまにご苦労さんやったな」

「ここで生まれ直して若返って来いや」

などと口々に言いながら撫でたり軽く叩いている村人たちを見て、長兵衛父子などは早くも目をうるませていました。丁度正午になる頃でした。

午後は、やはり長兵衛の発案で金腐川の川原まで皆でかついで行き、

「ご苦労さん、ご苦労さん」

と思い思いに繰り返しながら、たわしで入念にこすって永年の垢を残ることなくこそぎ落してやりました。

洗い終えた時の鐘は春の陽ざしを全身に受けて青銅色にキラキラ輝き、まるで出来たばっかりのようでした。

しかし、何といっても今はこれを生まれ変らせねばなりません。小屋までかついで帰ったそれを、彦九郎が既に用意してあった場所にしっかり据えると、その指図で、先端に鋼《はがね》をはめてある太い大槌でそれを叩き割る作業に取りかかりました。

――ガツーン！　ゴツーン、ウオーン……

――ガーン！　ゴーン、グワーン……

大槌が降り下ろされる度に微妙な違いのある轟音が小屋全体に響き渡っていましたが、やがてその音が次第に変って来て、やがてあの美しく光っていた時鐘が、部分的には丸味を残したいくつかのごつごつした塊に砕かれたところで、師匠彦九郎から「待った」の声がかかりました。

「よーし、今日はここまでにしよう。明日はかかったら四六時中休む間無しの仕事やさかい、今日はゆっくり休んでくれ」

と、初日からいきなり早仕舞です。

春の夕暮はポカポカと温かく、西陽の動きもまだまだゆるやかです。

「尾山までちょっこっと行ってくっか」

「家に忘れ物したさかい取りに行って来ます。ひょっとしたら明日の朝になっかも知らんけんど、夜明けまでに戻りまーす」

などと言って出て行く者もいましたが、それは各自の判断でした。

その晩、小便に起きた彦九郎は西の空にツーッと流れ星が走り、まるでそれを受け止めるような感じでその下の方で、ピカッ、ピカッと稲妻が光っていました。

しかし、その時は別に気にもせずに、部屋に戻ってぐっすりひと眠りしました。

そうして、やがて元気なニワトリの声が村の方から聞こえ、ゆっくり夜が明けて五日の朝を迎えました。いよいよ本作業の開始です。

起きた者からそそくさと朝食をすまし、次々と仕事場にやって来て、どうやら一同が勢揃いしたかどうかというところでした。いきなり猛烈な風が吹き付けて来て小屋全体を前後左右に大きくゆさぶったかと思うと、滝のような雨が降って来ました。

それでも若い者は元気です。

「何やこりゃ。ほんまに天の底が抜けたみたい降り方やな」

「まんでここを狙い打ちしとるがでないかいや」

しかも雨風だけでなく、高い空を転がるような雷の音さえ轟き始めました。

「おーい雷公やーい、間違わんと山へ行くがやぞー」

「ダラ！　山へ行けちぅたらこっち来いっちうこっちゃないか」

「ほうか、おーい雷やーい、尾山へ行けーー！」

「ほうや、ほうや。尾山やぞー、間違えんとなー！」

といい気になってふざけていたその時です。

「おいっ。あれ見ぃまいや、あのどす黒いでっかい雲ッ」

びしょぬれになりながら長兵衛が指さしたのは、河北潟の向こうの黒津舟村辺りから猛烈な勢いでせり出して突進して来る黒雲です。

これは用心しなければと皆が感じたそのとたん、その黒い中から放たれた光りの矢が、こっちへツーッと伸びて来たかと思う間もなく、

――バリバリッ、ズシーン！　ドーン！……

ものすごい音と共に、火の玉がくるくる回りながら小屋にまっ直ぐ飛び込んで来るのと同時に、全員が四方にはねとばされてしまいました。

更に、その様子を見届けるかのように、青白い光に包まれて直径一寸（約三センチ）程になった火の玉は、

――ジュージュージュー……

と鳴きながら小屋の中心部を転げ回った末、見るみるうちに光を失っていって、フッと消えてしまいました。

その間、部屋の隅にしゃがみ込んだり、壁にへばり着いたりしてあっけにとられていた一同でしたが、火の玉が消えると同時に黒っぽい煙が部屋一ぱいに立ちこめて来て、皆一斉にクシャミや咳でむせび出しました。

（いかん、こりゃ硫黄や）

たまたま戸口近くでぼうっとなっていた彦九郎が、ほとんど無意識のうちにその戸を押し開けました。

とたんにスーッと澄んだ空気が入って来ると共に、入れ替わりにその鼻をつく匂いが流れ出しましたから、皆も一緒になって転がるように外へ出て、口を大きく開けて深呼吸。

「アーッ、うまいなあ、この、空気……」

「フーッ、助かった……」

その頃になって次第に正気が戻り、草地の上でしゃがみ込んで大息をついた彦九郎の耳に、ハッとする声が聞こえました。

「あれっ、長兵衛親方がおらんぞ」

「長助も見えん……あっ、あんな所に倒れとる！」

彦九郎がその男の横へよたよたしながら行って中をのぞくと、昨日こわした鐘の塊の近くに、二人は抱き合うように倒れています。

反射的に飛び込もうとした彦九郎は、その男にがっしり抱き止められました。

「お頭。あの辺は今硫黄が渦まいとります。おーい、誰かあっちの小屋から七輪持って来てくれ。お頭はもうちょっこ休まれんと」

「ほうや、炭火や、炭火や」

と何人か元気な男たちが手分けして火をおこし、三つ、四つ七輪を運び込み出したところへ別な声がしました。

「どうやぁ、怪我人はおらんかぁ」

それは駈けつけて来た村の人たちでした。すぐに中へ入った一人が長兵衛父子の様子を確かめ、

「どっちも息はしとるし、じきに正気に戻るやろ。この炭火が効いたがやな、さすがあんたらや。この年配の人はそうっと運び出いたらいいけど、この若い方はひどい火傷《やけど》しとっさかい、あ、九兵衛さ、うち行ってヘチマ油取って来てくれんか」

その声で正気づいた長兵衛が横に倒れている息子を見つけ、むき出しになっている二の腕をつかんだとたんに皮膚がベロッとむけてしまいました。

「あ、棟梁。今、うちへ塗り薬取りに行っとっさかい、そっとしといてもらえんけ」

「分かった。どれ」

とゆっくり立ち上って、手足を動かしながら長兵衛が誰にともなく聞きます。

「外に誰か具合悪い者は？　……おらんがか、そりゃよかった。そやけど彦さは？」

「チ、長さ、すまなんだ……」

と、彦九郎が入って来て二人が互いを見詰めあい、皆がしーんとしている所へ九兵衛が徳利をかかえて戻って来ました。

「どれ、これは皆の衆もご存じのへチマ油や。これを塗ってそーっとしときゃ、これくらいの火傷なら十日もせんと治るわい」

手当をしながらその人は、既に正気づいている長助に話しかけます。

「兄ちゃんは、ゆんべ大分遅うまで酒飲んどったやろ。おまけにこんな銅の塊りの所におったさかい、雷な喜んでひとなぶりしてったがや。おらちゃの村でも三、四年前雷ゃ落ちた時、あいにく酒盛りの最中やったさけ、何人もあの世行きやった。それに比べりゃ兄ちゃん、うんと喜ばんならんぞ。ようなったら氏神さんにお参りに行かんならんぞ」

「いやあ、あんたさんのおかげで大助かりやった。あんやとございみした」と、父子揃って頭を下げる中、その人も満足して外の村の衆と共に帰って行きましたから、彦九郎も丁寧にお礼を言って見送りました。

そうして、彦九郎は残った一同の前で深々と頭を下げました。

「皆の衆、すまなんだ……」

それっきり何も言えない彦九郎の背を軽く叩いた長兵衛は、明るい声で皆に呼びかけます。

「あの物凄い雷の中で、こんだけの被害ですんだちうことは、天がわしらを見捨てとらん証拠やぞ。そのお礼の気持を忘れんと、うんと馬力かけて立派な時鐘を造ろうやないか、あの村の衆もそう信じ切って戻ってったやないか。ほやろ？」

「ほうや」「ほうや」

「ほんなら、まず被害状況を手分けして調べた上で、これからせんならん手当を考えまいか」

忽ち動き始めた皆を見ながら、彦九郎は長兵衛に、やらねばならない用事を思い出したので尾山まで行って来てよいかと言うと、彼は何も訊かずに一晩家に泊まって気晴らしをしてこいとまで言ってくれました。

その一言に励まされ、転がるようにして山を下りる彦九郎の頭にあったのは、さっき村の人が長助に言っていた「氏神さまに」という一言でした。

たしか京都からの便りにそれとよく似た一文があった筈です。

それで、家に駈け込むなり手文庫のあれを開けてみると、

――古い鋳物を鋳直して新たな鋳物をこしらえる時は、古い物を熔かす前に神に充分お許しをお願いすることが肝要、是非とも信仰心をお忘れなく。

と書いてありました。

（そうか。今朝小屋へ飛び込んで来たあの火の玉は、白鬚様のご祭神である素戔嗚尊《すさのをのみこと》様が、山の上の火の神様とご一緒に、この彦九郎目がけて投げ付けられた戒めの玉やったがや）

そう悟った彦九郎は、女房に会って、二つの神社への祈祷料として少しまとまったお金を包んでもらい、まず白鬚《しらひげ》持明院《じみょういん》へ行って宮司に会って、時鐘作りに関してのご祈祷をお願いしました。

すると、それを快く承諾した宮司は、ふっと呟きました。

「ああ、それでお宅のおかみさんゆんべからお百度参りを始められたがやな」

それは神社のお百度石と拝殿前との間を百度続けてお参りをする行《ぎょう》なのです。

彦九郎はその事をしっかり胸に刻んで、引き続き卯辰山に向かい、卯辰山の守り神でもある小坂の上春日神社にお参りしてご祈祷をお願いして、御所へ戻りました。出かける時と違って明るい顔をして戻って来た彦九郎を笑顔で迎えた長兵衛、

「そないに山が恋しいがか？　仕事の鬼やな、彦さんは」

「そういうそっちは仕事の何や」

「何でもよけれど、まずやらんなんがはこの小屋の修理や手直しや。それを全員でやろ」

「それがすんだら、タタラ場やらの修理、うむ、これも全員でやろう」

昔からよく言われる雨降って地固まるの諺通り、翌日からは小屋に開け閉めできる小さな板戸を付けたり、屋根の空気抜けをこしらえたり、三月上旬まで改造を進め、作業場の修復も終わらせました。

　こうして三月下旬からは木型作りを開始して、赤土を材料とした鋳型を作り、それから後の火力を主とする彦九郎を中心に行われた何段階もの作業の細かい説明は省きますが、あの以前の鐘の断片を含めた材料の金属を溶かすよう炭火の温度を上げるため、男たちが交代でふいごを踏むタタラ場での高らかな歌声が、作業場全体をふるわすように毎日朗々と聞こえました。

〽タタラ踏めふめ、踏めふめタタラ
踏めば釣り鐘光り出す
〽わしらのタタラは、踏むほどうなる
うなる釣り鐘、時告げる

やがて村の子ども達が山道を歩きながらこんな歌をうたうようになりました。

〽タタラ、タッタラ、タラタラ、タタッ
足もはずんで、ラッタッタ

こうして、木々も野山も明るくしてくれたこの作業小屋のタタラ節が、やがて鳴りをひそめる時がやって来ました。

「フーッ！　出来上ったぞう、長さん」

「ようやったなあ、さすが彦さんや。お目出度う！」

「いやいや、喜ぶがはまだ早いぞ。試し打ちしてみんとな」

二人ともひげもじゃの顔でしたが、目はキラキラと光っていました。そこで小屋の前に臨時の鐘撞堂を作って出来立てのその鐘をつるし、どのくらい音が聞こえるか試してみることにしました。

急な坂を下りて、古くからある道に三人一組で一定の間をとって立ち、鐘の音が聞こえたら団扇で知らせる、というやり方です。

「では希望者は手を上げろよ。まず一番近い三町組は?」

「ハーイ、おれたち色男組」

「次、五町組は?」

「ハーイ、わしら、力持ち三人男」

「おしまいの七町組は?」

「ハーイ、遠出が好きな、ウマ年生まれ三人組」

こうして一回目は三組共団扇が上り、二回目は八町、九町、十町と分けたが、全部上り三回目その先は全部だめでした。

「十町(約一キロメートル)聞こえればいいがでないか」

完成しましたという報告を藩へ提出したのは四月十五日でした。その三日後、担当の役人三名が供の者も引き連れて確かめに来て、実際に何べんも鳴らしてみた上で言いました。

「外見も良し。下部の鐘壁を薄めにしたり、ツボの数を所により加減するなど工夫もされていて、良き出来栄えである。ついては、来たる二十五日昼四ツ刻に鳴らせるよう、間違いなく持参致せ」

「ハハッ。謹んでお届け申します」

この日の夕食が大いに盛り上がったのは言うまでもありません。翌日九兵衛を通して村役の人などに来てもらい、お礼代りに試し撞きをしてもらいました。これもこの村にとっていい話の種になったでしょう。そうしてその献納の前夜には村役の人たちも招いて打ち上げの宴を持ち、小屋はそのまま村に進呈しました。

その翌日早めにここを降りた一行は、昼四ツ半（午前十一時）にあの鐘を無事お納めすることができました。その後、白鬚持明院の拝殿前に両家の家族を含めてズラリと勢揃いした一同は、正九ツ、遥か城内越前屋敷前から流れて来る鐘の音を、

「ひとーつ、ふたーつ、みーっつ……」

と大声を張り上げ合ったのでした。

この後五月に入って、彦九郎は、お礼の気持を込めて、この神社の鳥居の額をピカピカに光る銅板で作ったためにそれが評判になり、他の町々からこの神社へ来る人が急増し、夏場よく知られているここの池のハスの花を見る人が前の年の倍もいたということでした。

見事なハスの花を眺めながら、遠くから聞こえる時鐘の音を指折り数えながら聞いた人たちもよくいたでしょう。

彦九郎が京都の弟に感謝の気持ちを込めて手紙を書いたのは言うまでもありませんが、女房が、夫が御所村へ行っている間、毎晩お百度参りをしていただけでなく、実はお茶断ちもしていたことはとうとう知らずじまいでした。

ただ心ひそかに（もう二度と釣鐘は作るまい）と神に誓ったことは女房にも内緒でした。

第五話

桧物細工師と針立師

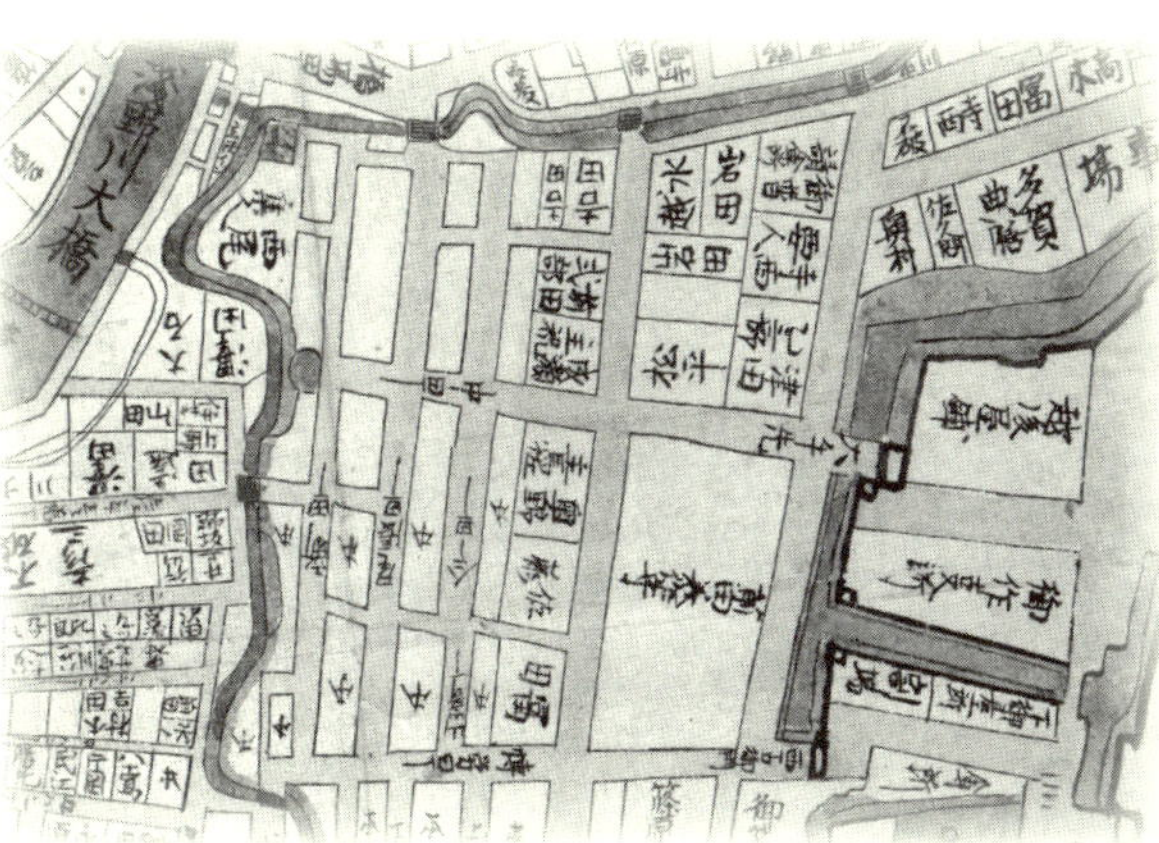

「振り返ってみますと、手前が初めてあの評判の針立師、寿斉《じゅさい》先生にお会いしたがは、面白いことに手前の体のせいではのうて、本業の曲げ物作りに関してでございみした」と、しみじみと語り出したのは、お城の東側にのびる尾張町の中頃、大手門に通じる中町に入ってすぐの所に店を持つ桧物《ひもの》細工師、能登屋加兵衛でした。

加兵衛が作っているのは、ヒノキやスギなどのうすい板をゆるく曲げて輪のようにし、それに底を取り付けた曲げ物と呼ばれる入れ物です。製品としては、神前や高貴な方々に食物をのせる三宝をはじめ、面桶とも輪っぱとも呼ばれる楕円形の弁当箱、網目の底を付けたふるい、餅米などを蒸すのに使う蒸籠《せいろ》、お鉢とも言う飯櫃、水をすくうのに使う柄杓《ひしゃく》など、古くから人々の日常生活になくてはならない用具ばかりでした。

父の治平は能登の農家の三男坊で、冬場この仕事をしている祖父に早くから技を習い、金沢に出て来て厳しい親方の下で修行に励んだ結果、見込まれて婿養子となった努力の人でした。

その長男として生まれた加兵衛は、早くも十歳の時に御門前町の桧物師に弟子入りをし、七年間の修行をすました後も三年間更に腕を磨いた揚げ句、二十歳でこの家に戻って来てからは父の片腕として毎日曲げ物作りに励んで来ました。

その仕事の段取りをまとめて言えば、まず大きさと木の部分によっても質が違ういろんな板の中から、これから作る物に合った板を選んで来ると、用途に従って刻み目を入れ、木の質に合わせて熱湯に漬けるか火であぶるかし、柔かくなったところで腕力か時には体重をかけたりしてゆっくり曲げていきます。

ここ迄の作業で特に気を使うのは三宝で、ふるいなどと違って大きさが小さい上に四か所に分けて同じように曲げねばなりませんから、一体作るだけで他の品の何倍も気が疲れます。とも角こうして板の両端が重なり合った部分に飯粒をよく練ってこしらえた糊を使ってピッタリと貼り合わせ、その継ぎ目をサクラやカバの木の皮を細く裂いたもので閉じ合わせ、必要に応じて蓋などをこしらえたら完了します。

このようにして作られた品の出来栄えは、特別に宣伝などはしなくても店を訪れた人の目にとまりさえすれば次々と世間に伝わっていき、加兵衛が戻って来て四、五年で客の数が目に見えてふえて来ました。

そこで仲立ちをしてくれる人がいて、浅野川の小橋を越えたすぐ先の、水車町の油屋の松任屋からおアサという気立ての良い嫁をもらい、子どもも次々と二人生まれました。それでほっとしたのか加兵衛の母はあの世へ旅立ちましたが、弟子や小僧も含めて治平、加兵衛を軸とした一家は活気に満ちた毎日を送っていました。

こうして、忘れもしない享保七（一七二二）年五月半ば、木々の若葉が生き生きと萌えるある昼下がり、一目で医者だと分かる道服姿の品のいい客がこの店へやって来ました。丁度店に出ていた治平が親しみを込めて迎えます。

「これは寿斉先生、お供もなしのお出ましで」

「ああ、トンビの声に誘われて、おんぼらーと（のんびり）お城下を歩いてみとうなってな」

「ごもっともですとも。ま、お茶でも一服」

「実はのう能登屋、ここ暫く上方へ行っておって半年ぶりに戻ったら、この家の後継ぎがえらい評判になっとるさかいにな、一度お目通りさせてもらえんかと思うて寄ってみたがや」

「久しぶりのお越しやと思たら、いきなりそんなわやく（冗談）おっしゃって……」

「いやいや、わやくでも出たらめでもござらぬ。その加兵衛とやらに一目合わせてもらえんやろうかな」

「申訳ございません。あいつ一ぺん仕事をし始めたら鬼になってしもうがです。折角のお越しながに、どうかどうか、ごかんべんを」

「うむ。それこそほんまもんの職人や。くどいようやが、能登屋、その鬼になっとるとこを、ちらっとでも覗くことは出来んやろか。わがままばっかり言うて申訳ないが……」

「……分かりみした。ほんなら厠へ行くふりをしてそこの土間をまっすぐ行って、又そーっと戻って来て下さい。ほやけど、決して話しかけたりはなさらぬように」

「相分かった。口にしっかり鍵をかけて行き帰りさせていただこう」

それにうなずいた治平が奥に通じる仕切り戸を音も立てずに開けたので、寿斉は土間をそっと歩いて物置きの横を通り抜け、その次の仕事部屋が見えたとたん、ひとりでに足が止まりました。

低い衝立の向こうに、片肌脱ぎの姿で斜め向きになった加兵衛が、ハッキリ見えます。顔も少ししか見えないし、何を作っているのか、その手許も衝立にさえぎられて見えませんが、職人として正に真剣勝負を挑んでいるという、すさまじい気迫が、ひしひしと伝わって来ます。

完全に圧倒された寿斉はすっかり足がすくんでしまい、そろり、そろりと後ずさりをして来て、そっと一礼をして後ろ手で仕切り戸を開けて店へ戻り、音を立てぬようにその戸を閉めたとたん、

「フーッ!……」

と大息をつきました。

寿斉はこの時四十歳、二十年前に父の後を継いで百石取りの藩の針立師として勤める外、町の人々のためにも尽力して来ましたが、四歳も五歳も年下の男に、これほど迫力のある

仕事ぶりを見せ付けられたのは初めてでした。

「いや、まことに感服つかまつった。しかしご主人、あれでは体力の消耗も大変やろう」

「へい。手前共もいつか体をこわしはせぬかとハラハラしとります」

「今見たところ差し迫った心配はなさそうにお見受けしたが、何か世に知られておらぬ秘薬でも常用しておらるるがかな」

「めっそうもございません。のうおアサ、何かお答が思い浮かばんか」

少し前に茶を持って来てそのまま控えていた加兵衛の女房が、「さあ……」と言いながらも続けます。

「毎日汗びっしょりになりまっさかい、夕方仕事がすみ次第にお風呂に入るがですけど、そん時に子ども二人と一緒に入るが何よりの楽しみなようで、それが一番の薬やないかと存じみす」

「いかにもいかにも。で、食い物はどうや」

「魚や鳥肉や芋なんかがお好みで、中に一品うんと塩っぱい物があると麦飯のお鉢を空にするがが毎晩のお定まりで……」

「これ又感服、言うことなしじゃ」

「ああ、手前も思い付きまいた。これの父親が十日に一ぺんぐらい誘いに来て二人で山へ行くがが何よりの気晴らしみたいですわ」

「いやあ、今日は医者としても何よりの耳学問もさせてもろうた。大きにあんやとな」

それは言うまでもなく寿斉の本音でした。

さて、その翌日のこと、前日の寿斉針立師以上に思いもよらぬ珍しい客が能登屋にいきなりやって来ました。それは、加賀藩士最上級八家のうち小立野に広大な上屋敷（現金沢医療センター）がある、一万五千石奥村伊予守家のご用人でした。

丁度加兵衛の手も空いていたので、奥座敷にお通しして親子で用件をお聞きすると、

「当家の姫君がこの程信州の由緒ある藩の若君とのご婚儀がまとまり、この秋にお輿入れあそばされることが決まり申した。ついては、その際に当家より持参いたすもろもろの品のうち、曲げ物に関しては凡て加兵衛殿、そなたにおまかせしたいのじゃが、何とか引き受けてもらえぬじゃろうか」

「し、しかし、手前ごとき未熟者に……」

「いーや、そなたの評判は、本多安房守様のご用人からもお聞きしておるし、当家にも時折り治療に来らるる針立師、久保寿斉殿からも強いおすすめがござった」

「ああ、昨日おいでになったがは……」と治平。

「あのうるさ口の針師殿が手放しで褒めておられた。折り入ってお願い申す。何とか是非」

「余りのお言葉に身も細る思いでございまするが、どれ程のお品をいつ頃までにお納めしたらよろしいがでございましょうか」

その反応を待っていたようにご用人さんが出したのは、品名と個別の数を書き並べた書面でした。それを見るなり二人が注目したのは三宝の数が突出していることです。聞けば、参勤交代などのためにそのお城下を通られる身分が一段と高い方が多いので、そのおもてなしに三宝を使うことが日常的だからなのだそうです。

その外の器もほとんど全部五十から百作る必要があり、期限は三か月。

それでも加兵衛を中心に下ごしらえは治平と弟子がやることなどを含め、一家総がかりでやれば何とか出来るだろうということで、この大仕事をお引受けしますとお答えしました。

それでようやくほっとされたご用人さんは、当面の費用にとまとまったお金を置いて、足の運びも軽く小立野へ戻って行きました。

そこで早速おアサの父親、水車町の長右衛門にも相談し、今ある分では到底足りない材料の追加分の手配は長右衛門に一任し、出来た製品を半年毎に小立野へ運ぶ仕事も、油屋の若い衆にやってもらう段取りも出来上りました。

「加兵衛、何ちうても、百日もかかる大仕事や。どっしり構えて、首尾よくやり抜くまいか」

「うん、分かっとる。わしがいらついたり、独り相撲しとるなと思うたりしたら、いつでもわしのふんどし締め直いてくれよな」

こうして始まった姫君のためのお道具作りは、梅雨明けと共に本格的に開始され、順調に進んでいきました。

そんな中で大黒柱の加兵衛の何よりの良薬は、元気いっぱいの五歳と三歳の姉弟とのお風呂でした。

――これくらいの、お弁当箱に、

おむすび小むすび、ざっと並べ、

叩きゴボウにゴマ振りかけて、

シイタケさんに、カンピョウさん、

穴のあいた、レンコンさん、

すっぺりたいらげて、ご馳走さん！

子ども二人が、高らかに歌うその元気な声は家じゅうに大きく広がって、歌の文句のおかしさもあって誰しもの気持を和ませてくれました。

もう一人、この人ならではの心配りでさり気なく皆を励ましてくれた、ありがたい人がいました。それはあの水車町の長右衛門で、仕事以外にふらっとやって来る度にタケノコやイワナ、ドジョウにウナギ、スッポンからマムシまで、精をつけてくれる旬の食べ物を、いろいろ持って来てくれました。

それをちゃんと調理したのは、言うまでもなく台所をあずかるおアサですが、もう一つ、事情を知らずに店にやって来たお客さんに、手短かにわけを話してお詫びをし、九月以降の来店をお願いしたのもおアサでした。

こうして、この間、これと言った災害も異変も起きなかったという天の助けもあったからで、能登屋のこの大仕事は予想以上に順調に進み、期限の数日前に最後の荷を小立野の奥村様のお屋敷に無事に納めることが出来たのでした。


やがてこの九月も末のある昼下がり、治平、加兵衛の二人連れが、浅野川大橋の橋詰めに揃って来ていました。

それは、あの奥村様の姫君が信州へ向けて旅立ちなさる行列をお見送りするためで、同家の藩士やゆかりの人たちと共に見守る中、まず姫君のお駕籠がしずしずと通り過ぎた後、お荷物の長い長い行列が続きました。

この行列の中には自分たちが三か月間丹精して作った器が入っているのだと思うと、途中で立ち去る気にはなりません。

ようやく行列が通り終えると同時に、二人は顔を見合わせました。

「ああ。これですっかり幕が下りたわけやな、加兵衛」

「ほやけど、わし、まだ何やらほとぼりが残っとる気がしてならん、何でやろ」

「そりゃ、あないに精根こめてやっとったさかいやわいわ。ゆっくり休んで英気をやしなうこっちゃ、おんぼらーと（ゆったりと）な」

その二人を店先で待っていたのは娘の方で、

「お父っちゃん、お姫様、見てきたけ」

「えっ？　おう、よう見て来たぞ」

「どやった？　うんと別嬪さんやった？」

「そりゃそやったけど、お前ほどではなかったな」

「ダラ……」

そんな親子を放っておいて、さっさと着替えた治平はすぐに仕事場に向かいました。先月末に奥村家の仕事がすんだと知ったお得意さんからひっきりなしに注文があり、予約がたまっている状態だったのです。

　実は、このひと月足らずの間に能登屋ではちょっとした変化がありました。

　その一つは、これまで七年ほど弟子として仕込んで来た若い職人に他の桧物商から誘い

があり、本人も行きたいというので加兵衛の意見を聞くと、

「本人がそう言うがなら行かしたらいいがでないけ。そんな尻の浮いとる奴、うろうろしとるだけでも目障りや」

この一言であっさり決まり、能登屋としては既に治平の手伝いをしている小僧を弟子として仕込むことにし、新しい小僧は能登から連れて来ることでうまく治まりました。

また営業上の変化では、奥村様の姫君ご持参の曲げ物がすべてこの店の品だったという事実が大店の旦那衆の間でもいろいろと話題になったらしく、これまでご縁のなかったそういう層、例えば薬屋では中屋と並んで有名な尾張町の福久屋、菓子屋ではやはり尾張町の森八、酒屋では石引町の福光屋などから、どれも大量ではありませんが注文があり、これが又評判になりました。

そして、それらの変化をがっしりと受け止めたのは治平その人で、永年つちかって来た職人として経験のみならず、この三か月の間息子加兵衛の材料に向き合う姿勢や独特の技を、職人用語で言う盗むようにして学び取っていました。だから、その息子がやる気を取り戻すまで当面は自分がやるしかないと決心し、連日全力を尽して励んでいました。

一方、加兵衛の状態といえば、夜中に二度も三度も目をさましてぼーっと起きていたり、日中仕事場に入ってもじっと坐ったまま何もせずにいるし、食べ物もよく残します。それ

で心配になったおアサがそっと夫に言いました。

「今日、道で修安先生に会うたら、あんたさんがえらいくたびれとるようやったさかい、一ぺんうちに来いって言われたがやけど、どうします」

「あいつ、よっぽど暇ながやな。よっしゃ、明日にでも一ぺん行ってみっか」

という返事でしたが、明くる朝、治平や弟子などが仕事場に入っても加兵衛は居間であぐらをかいたままぼんやりとしています。

気になりながらもおアサが洗濯をすまし、干し場に出ていると物売りの声が聞こえて来ました。

「障子の張り替え、ハーリカエーッ……」

「豆腐ーぃ豆腐、ヒロズに油揚げーっ！」

下女《べーや》に遊んでもらっている二人の子どもがまねをしている声もします。

よく通るその声に誘われたように加兵衛は重い腰を上げて行き、小半刻（約三十分）もして戻って来た時には薬が入っているらしい袋を持っていました。

後でその徳田修安先生の所へ行って聞いてみると、その袋に入っているのはブクリョウとか、サイコやハンゲなど、不眠症やいらいら、疲労感などをやわらげる薬草を混ぜ合わせたものだそうです。

「あいつ、この夏に大仕事をしたもんで、終わったとたんに神経がプツンと切れたとこながや。さっき持たいてやった薬を毎日飲んでも、じわーっと効いてくるまで二た月三月もしてからや。ほんでも、親父さんが店の方はわしに任いとけと言うとるらしいし、ま、しばらくはのんびりさせてやんまっし。あいつ、子どもの頃から何か一つやり出いたら向こう先見ずにがっぱ（夢中）になる性分やし、今はほうといてやるこっちゃ」

つまり、元に戻るにはかなりかかるらしいとおアサは納得しましたが、それにしても自分は夫にどのように対応したらよいのだろうか、おアサの不安がちゃんと通じたかのようにその二、三日後にあの寿斉先生が又ふらっとやって来ました。

それで、ご挨拶もそこそこにして加兵衛に知らせると、居間からのっそり出てきました。

「ああ、先、生……永いことぶりで……」

「こっちこそ永いことご無沙汰してしもたが、伊予守様もえらい喜んでおいでたぞ。そやけど、どうやらあの仕事で張りきり過ぎて、今はクラゲみたいになってしもたみたいやな」

「ええ……何もかも、何やら……、いじくらし（面倒くさく）なってもうて……」

「そりゃよう分かるぞ加兵衛。あんないさどい（際立った）仕事を三月もやりゃ、どんな強《きっ》い者でも終わった後はがっくりするもんや。そやさかい休息がたしかに必要なのやが、こんな時、何よりもいい気晴らしになるのが、山歩きや。どうや、いい連れになる者おらんか、加兵衛」

「……ああ、おる。……こいつの父《とう》とや」

「そりゃ何よりや。ほんなら、わしゃ、今から行かんならんお屋敷があってもう行くけど、また様子見に来るし、何かあったらすぐとんで来っさかい、ま、おんぼらーと（ゆっくり）しとれ」

と言って尻を上げましたが、家の前まで見送りに出たおアサに一言付け加えました。

「あいつが今かかっとるがは、心が滅入る病やさかい、励ましたり慰めたりせず、精一杯笑顔を見せてやることや。それをここの父親《とうと》にも、あんたの父親にも、よう言うといてくれ」

この寿斉先生の来訪によっておアサは一ぺんにしゃんとなりました。

そして、それからは、長右衛門は一日おきぐらいに昼すぎにやってきて加兵衛を卯辰山へ連れて行ってくれました。そうして、十一月半ばまでは茸取りでしたが、それ以後は芋掘りを楽しむようになりました。

この芋掘りに数回通ったある日の夕方、珍しく加兵衛に誘われて一緒に風呂に入った子らが、父親の笑顔で嬉しくなり、こんな遊びを始めました。

「おイモさん、おイモさん、にらめっこしましょ。笑うたら負けや、アップップ！」

この遊びを二回三回とするうちに加兵衛も仲間に入ってやり始め、久しぶりのその笑い声がうち中を一ぺんに明るくしました。

後でそれをおアサから聞いた長右衛門がどんなに喜んだか、くわしく言うまでもないでしょう。

二人の山行きは、十二月に入ると紅葉狩になって、やがて正月になると雪山歩きに変わり、日によってはカンジキを履いて歩いたりして、キツネやウサギの足跡を追ってみたり、すぐ近くからバタバタバタバタといきなり飛び立つキジやヤマドリに驚かされることもあったそうでした。

こんなゆったりした心休まる運動に加え、毎日欠かさず服用している薬の効果も出て来たのでしょう。

春になると夜中に目がさめることがほとんどなくなって、食事の量も少しずつ増えてきて顔色もよくなって来ました。もちろん時には食欲が急に出なくなることもありましたが、ふらっと訪れる寿斉先生の言葉に支えられながら、加兵衛の病気はゆっくり回復していきました。

そして夏から秋に移ろうとしていたある日のこと、息子がいきなり言い出しました。

「お父っちゃん、坊に弁当箱作ってくれん？」

びっくりしたおアサが何とか諦めさせようとしますが、五歳になった息子はしつこく頼み続け、涙さえ浮べる顔に負けた加兵衛が、とうとう口を開けました。

「どんなでかさのやつや？」

「これっくらい……」

泣き笑いをしながら答えるその子を思わず抱き締めた加兵衛は、はっきり言いました。

「ちょっこ時間がかかっかも知らんけど……必ずこしらえてやるぞ」

これが大きな転機でした。

作りかけては放りだし、半分作ってはしくじったり、苦心さんたんしたあげくようやく作り上げたのは、もう一と月も経った頃でした。

それは、あの加兵衛作とはとても言えない出来栄えの物でしたが、それを貰うなり、

「あんやと、お父っちゃん。こいつ、うら（俺）の宝物や」

と抱き締めるわが子を見て、おアサはワッと泣き出してしまい、渡した加兵衛も涙をかくすのに鼻水ばかりかんでいました。

この日の夕方のお風呂が「お弁当箱」の歌で盛り上ったのは当然で、実はそのお風呂に入る前、加兵衛は娘にはっきり約束しました。

「次はお前のをこしらえっさかいにな」

その二つ目の弁当箱が出来上がったのは一番目の十二、三日ぐらい後のことで、この二つの器作りが気持ちの上で技量の上でも最高の動機付けになりました。

次には水車町の油屋のための蒸籠とお櫃作りに挑戦して喜ばれ、十一月半ばを過ぎた頃には、いよいよ三宝作りを自発的に目指しました。その様子を見て思わず瞼を熱くしたのは、他ならぬ父の治平でした。

そうして迎えた享保九年元旦、中町の桧物細工商能登屋の神棚に飾られた三宝は、加兵衛が年の暮ぎりぎりまでかかって丹精込めて作った、香も清々しい新品でした。この桧の香には、当主加兵衛が当時としては非常に珍しいウツ病から見事に脱け出した、という活気が満ちていました。

しかし、社会全体に目をやると、その前年の八月に襲って来た大嵐のせいで秋になっても稲がさっぱりみのらず、米の値段がいつもの何倍もはね上り、農民も町の人も皆が苦しんでいた上に、子どもの間で疱瘡《ほうそう》という病気（後の天然痘）がこの冬には急速にはやっていました。

その病状は、ある日突然寒気がしてブルブルふるえだして熱が高くなり、頭や腰の痛みを訴え、翌日には時々意識を失って、その子の名を呼んだり何か話しかけたりしても反応がなくなったりします。そして三日目には鼻や口の周りが赤くなってかゆくなり、体中に赤いブツブツが出れば疱瘡だとはっきりしたので医者は改めて薬を飲ませます。

その結果ブツブツにはかさぶたが出来、始まりから五日目には熱が下がり、幸運な子はそれで治りますが、治らないまま亡くなる子が沢山います。また、うまく治った子でも顔にブツブツの跡がそのまま残る者が少なくありません。

この恐しい病気がはやりだしたと言われて間もなく、尾張町にも何人もかかったと聞くにつれ、おアサは心配でなりません。二人の子には決して外で遊ばないよう言い聞かせ、店の入口のあちこちにホウソの神という悪霊除けのお札を貼り付けました。

そんなある日、浅野川小橋の川向こうから野菜を売りに来る顔なじみの小母さんが、声をひそめて言いました。

「あんたの実家の松任屋の、五つやったかのたんち（男の子）もイモ（疱瘡）にかかったちう話やぞ。あの子、いつもかも近所のやんちゃ坊主にまじって走り回っとったさかい、そん中の誰かにもろたがやろ。あんたんとこも用心せにゃ」

（それなら二、三日中に見舞に行ってやるか）

と、この時は軽い気持ちで聞き流したおアサでしたが、その翌日、その実家で下働きしているじいやが、見るからに危なかしい足取りでやって来て、その長男が今朝死んだと、顔のしわがしゃべっているようなひどいしゃがれ声で伝えました。

「ほうか。あの子を目ん中に入れても痛ないほどやったじじさ、さぞかしがっかりしとるやろねえ」

「う、うん……何べんも名ァ呼ぼって……おろおろんなって……目えむいて……ムタムタんなってしもうて……」

と、そのじいや自身がしどろもどろです。

「ほうやろねえ、ほんならわてもほのうち行くさかい、そう言うといてくれんけ」

「……ほんでも、わしゃ、まだ……」

と、まだもごもご言っているじいさんを送り出しておアサが店に戻ると、仕事部屋にいたはずの加兵衛が店に立っていました。

「今のじじさ、実家から来たがやな」

「はい。ホウソにかかっとったあんか（長男）が今朝亡うなったと」

「そんだけでのうて、長右衛門さもどうこうしたとか言うとったがでないか？」

「ちょっこ、むたむたになっとるとか……」

「いいや、わしが聞いた感じじゃ、ばっかいならん（どうしようもない）ようになっとるらしいし、お前早よ行ってやった方がいいぞ」

「ほんなことにわかに言われたかて……」

「いいや、おアサ、後悔先に立たずや。ちゃっちゃっと（大急ぎで）支度するこっちゃ」

この二人の声がいつになく大きかったせいか、奥から出て来た治平が、加兵衛に話を聞くなり言いました。

「おアサ、今こいつの勘はわしらの何倍も鋭うなっとる。こいつの耳にゃ長右衛門さが早よ来てくれまいやあと呼ぼっとる声が、ビンビンひびいとるがや」

「ほんでも、あの子らが……」

「何ともないって。べえや（下女）もおっし、わしもおる。なあおアサ、わしらを信じて任いてくれんか」

ここまで言われたらおアサも出かけないわけにはいきません。慌しく出て行った後、治平が加兵衛に尋ねました。

「お前、長右衛門さは今どんな具合やと思う」

「多分、もう息も絶えだえで、自分じゃいつ死んでもいいぐらいに覚悟しとると思う」

「ほんなら、なおさら今すぐ行ってやらにゃ」

「いいや、わしぐらい行ってどうもこうもならん。寿斉先生に来てもらわにゃ」

「なるほど、ほんならわしが先生に言うて来っさかい、お前はすぐに出かけて、水車へ直行せいや」

　そこで、家を出た加兵衛が尾張町で町駕籠に乗って松任屋に着いたとたん、涙を流しながら出て来たおアサが半泣きですがり付いて来ました。

「どうした、おアサ。手遅れやったがか」

「……こ、こっちへ……」

　奥の間には、白い着物を着せられて薄い布団をかけられた男の子の遺体に並べる形で、大きな布団が敷いてあり、そこに普段着のままの長右衛門が、これも土気色の顔で目も口も閉じて眠っている感じで長くなっています。

　その様子を一目見るなり、加兵衛は、その二人の枕許に坐っている三人の医者に尋ねました。

「長右衛門さはいかがなさったがですけ、お医師衆」

「ほんの少し前じゃが、息をひき取られ申した」

「で、では、病名は？」

「ん……ま、腎虚《じんきょ》、でござる」

「さ、左様、唐突な心身異常の、ほ、発作による心臓麻痺でござる」

「されば身共らはいても無用ゆえ、これにてご無礼いたす。この度は重ねがさねご愁傷様でござった」

と揃って一礼すると去って行きます。

この松任屋の跡取りであるおアサの弟も、おアサも、うろたえながら医師たちを見送りに行ったので、ひとりになった加兵衛は長右衛門のすぐ側までにじり寄って話しかけました。

「おやっさん、なんでそんなとどのわん所へ、わしに断りもなしに行ってしもたがや。なあ。何か返事ぐらいせえまいや」

そう言いながら布団の端をめくってハッとしました。腕や脇の下など、肌がほっこりと温かいのです。

「おっと、風邪ひいたりしたらだいばら（大変）や。布団着たまんまでいいさかい、わしとちょっこしゃべろ」

と言いながら、布団を改めてきちんと掛け直した加兵衛は、長右衛門にゆっくり話し始めました。

「去年の春、山ザクラが咲き始めた頃やったな。気がくさくさして部屋に閉じこもっとったわしを、首に縄かけるみたいして山へ連れてって、あのサクラの花見ながら、あんたこんなこと言うたがおぼえとっか。この花はパッと咲いてほんの五日ぐらいで散ってしもうけど、この木は二十年も三十年もしっかりここで根をおろし、かぞえ切れんくらい沢山の鳥やら虫やらに食い物を提供して育てとる。わしゃ、こんな太いもんに、お前さんにもなって欲しいなって。まだまだ、わし、太うなってもおらんがに勝手に行ってしもうなんて、あんたらしないがいや。そやろ？」

その時、いきなり、重々しい声がしました。

「いいや加兵衛。お前の気持ちは分からんでもなけれど、長右衛門にはお迎えが来たがじゃ。おろおろせんとお見送りしょまいか、な」

その声の主は、いつの間にかこの部屋へ入って来ていた、あの寿斉先生でした。

「名のある医師の方々が既に絶命されたと診断されたものなれど、わしも脈だけ見せて頂こう」

と、自分に付いて来たおアサたちに断った上、加兵衛の近くへ来て長右衛門の手首に指を当てて脈をたしかめ、瞼を開けて眼球を見、口元に顔を近づけて呼吸をしていないことも確認し、おアサたちに一礼して言いました。

「それがしもお三方に同意いたす。ではご免」

「待って下んし、寿斉先生！」

その袖をギュッとつかんだ加兵衛が、思い詰めた口調で訴えます。

「先生のおっしゃること、分からんでもないがですけど、長さのこの脇の下がまだしっかり温《ぬく》といがです。ほやし、わしゃ長さが死んでしもたとはどうしても思われんがです。折角こんな所まで来て下さったがやし、先生の温といお針を一本、どうか長さに立ててやっていただけませんやろけ。桧物師加兵衛、一生一度のお願いでごぜえます、先生！」

「ううむ……しかしのう加兵衛。死んだ者には針を立ててはならぬという、わしら針師の掟があってのう」

「そこを何とか……あ、そうや、おアサ、すまんがここは先生とわしのふたりだけにしてくれんか、ほんのちょっこの間だけやし……すまん、あんやとな……さ、先生、ここはわしと先生だけになりみした。わしは今からこうやってあっち向いとりみすさかい、その間にどうか頼んます……」

（ううむ……これほどまでにこいつが言うがに自分が何にもしなんだら、二度とこいつに会えんようになる。ううむ……。そうや！）

「加兵衛、もう一度たしかめる。長右衛門は生きとるがじゃな？」

「へいっ！　生きとります……」

そこで、これはと思う針を取り出した寿斉、一心に神仏に祈りつつ、ここぞと思う部位目がけてスーッと針を立て、ピタリと手を留めてしばしの間、神に祈り、スッと抜いたそ

の瞬間、長右衛門がパッと口を開け、

「フーッ！」

と息をつくと共に、胸の鼓動がはっきり聞こえ出しました。

「加兵衛！」

「先生！」

正にそれは神業でした。


十日ばかり後、頼まれていた器を届けに加兵衛が奥村様の分家である六百石の奥村長佐衛門のお屋敷へうかがった折、ご挨拶のはずみにこの寿斉活躍の一部始終を申し上げたところ、それが間もなく伊予守様のお耳にまで伝わったらしく、四月初め寿斉に対し、急いで江戸本郷の前田家上屋敷へ来るようにとの呼び出しがかかりました。

はるばるそれで参上すると、直ちに藩主綱紀公付医師団の一員に組み入れられ、五月七日綱紀公御逝去の折り、その最期の場に立ち合った五名の医師の中にこの久保寿斉もいて、藩の公式の資料にその名がのせられました。

これというのも加兵衛との出会いがあったからこそと言えるのでしょう。

なお、油屋の松任屋長右衛門は、この後ずっと元気に過ごすことができたということです。

第六話　深夜に届いたお願い状

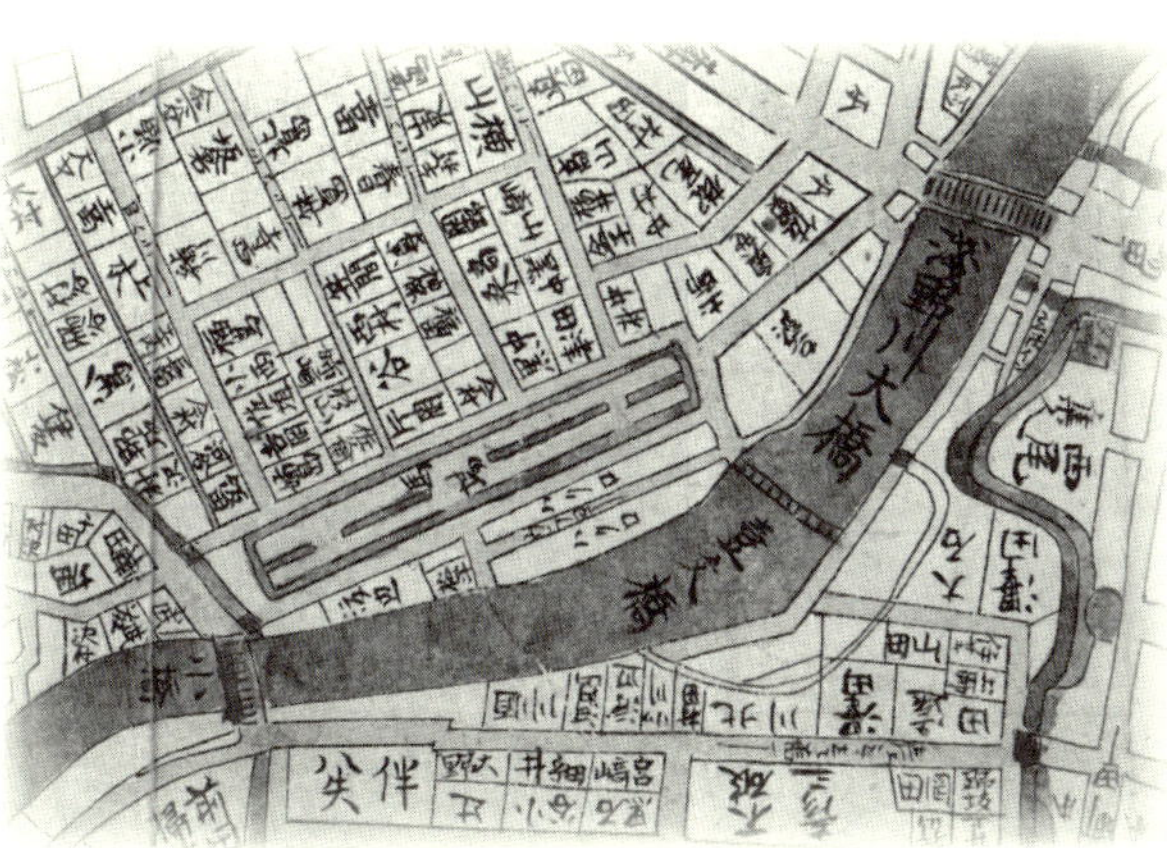

「いやあ、こんな小んこいねんねの頃からずーっとかわいがってくれた、あんなやさしい作助じいが、あない思い切ったことしたとは、わし、今でも信じられんがや。ま、そんだけわしがダラな、あてがいな（いい加減な）男やったっちうことながやけどな」

藩のお算用場に勤める百石取りの加賀藩士金岩三郎左衛門が、嫁入りして来て間もない自分の女房にゆっくりくつろいで自分のことを語り始めたのは、享保三（一七一八）年秋半ばのある非番の日でした。

彼の父平助は三郎（これが通称でした）が十一歳だった宝永二（一七〇五）年春、それまで十年近く勤めていたお算用場を辞めさせられて、江戸勤めになってこの材木町のわが家を出発していったきり、一度も戻って来ていませんでした。

更に妻宛に月一回来る便りにも、

——当方息災、三郎頼む

とあるだけでした。それで、母は浅野川大橋を渡ったすぐ左側の馬場五番丁（現東山三丁目）に住む、伯父村上源左衛門の所へ行って、詳しい事情を少しは聞いているようでした。

実は、その平助は、江戸の加賀藩の屋敷へ着くなり桜田門外にある安芸広島藩浅野家の上屋敷におられる藩主の奥方が、当時の加賀藩主前田綱紀侯の次女であるため、元禄十二

（一六九六）年に嫁がれた時以来お側に仕えていた、奥方付賄方頭《まかないかた》の二代目を命じられたのです。

ですから、新任の平助が初めてご挨拶した時以降、奥方は、金沢の近頃の様子から、あの赤穂浪士の討入りの事件への金沢での噂などまで、いろいろお聞きになったりもしたのでしょう。そういうお相手もしていたのです。

父親がそういう勤めに就いているとはつゆ知らず、三郎はのびのびとした日々を送っていました。

まず午前中は馬場五番丁の、本ばかり読んでいる伯父さんの所へ通って、読み書きを教えてもらいます。それがすむと、午後は近所の同じ年頃の男の子同士であれこれと遊び呆けます。春は木登りや駈けっこ、角力など。夏二百十日が近づくと、用水の点検のために水を止める時を狙って魚取りです。水が少なくなってはね回るフナやコイ、ナマズ、ドジョウをわれ先にとつかまえて、用意して来た手桶や鍋などに入れていきます。

そんな中で、どの町内にもいる少し年長のウナギ取りの名人は、水がなくなった用水を歩いてみて、石積みの間のちょっとした空き間を見つけて声を上げます。

「ここのウナギ、わし、いただきーっ」

「ええっ？　こんなせばい所にぃ？」

「わしにはちゃーんと見えるがや」

「うそや、うそや」

「だまって見とれ。ほーれ、出て来いやー」

と言いながら石と石の間に笹を差し入れて少しつっ突いた後、ゆっくりひねりながら引いて来ると、

「わーっ、でっけい！」

これこそ名人ならではの技でしたし、三郎は毎年残念ながら見物人の一人でした。

また、雨のため外で遊べない日など、三郎は小さい時から作助じいの昔話をよく聞きました。金太郎や桃太郎、浦島太郎、舌切雀など、やがてすっかりおぼえてしまい、じいやがちょっとつまったり、言い違いをしたりすると、三郎が代わりに話しつづけることもありました。

そして十歳ぐらいには、牛若丸と弁慶の勝負の話や、曽我兄弟の仇討の話、小松の安宅《あたか》ノ関での義経と弁慶の物語などを好むようになり、馬場の伯父さんの所へ通うようになってからは、これらの物語が分かりやすく書かれている本の読み方を教えてもらい、借りて帰って、母やじいやに読んで聞かせることもありました。

もちろんその頃には遊びも変わり、仲間二、三人と鈴見の方や卯辰山の一本杉、山の上

の春日神社辺りまで歩き回るようになり、次第に独りで行くことが多くなりました。それをじいやは目を細めてこう言いました。

「一人前になられた証拠でごぜえます」

その一人前の侍になった儀式である元服の式を、伯父立ち会いの上で行ったのは、三郎が十五歳になった正月で、髪形も着る物もこれでがらっと変わり、その翌月から藩のお算用場へ見習として勤めることが決まりました。

母も伯父も心から喜んでくれましたが、日が近づくにつれて不安でたまらなくなって来ました。その前日の午後そっと作じいに白状しました。

「なあ、じい。わし、うまくやれるやろか」

「そのお気持ち、よう－分かります。そんな時旦那さまは、庭で素振りをされとりました」

早速三郎は父が愛用していた木刀を持って庭に下り、気合鋭く振り始めました。

「エイッ！　エイッ！……」

父がよくやっていたように自分も毎朝やろうと思って何度やってみたでしょう、その都度三日坊主だった覚えがあります。（それはそれ、今日は今日）と自分に言い聞かせて五十回やったところで汗びっしょりになり、百回でへとへとになって打ち切りましたが、おかげでぐっすり眠ることができました。

その明くる朝、通知通りに西町のお算用場、藩の産業経済全般を担当する役所に着くと、その門前には町民の外、藩内各地から陳情や相談等にやって来た村役などが多数待っていました。

それを見ながら通用門を抜けて役所内に入ると、広い所内の最前列に、あの外来者に対応する係十名ほどが少しずつ間をおいて横一列に坐り、その後に少し離れて数名ずつ固まっており、更にその後に次々と上司が待機し、大広間に合わせて六、七十人もが詰めています。

ここまでが正規の所員らしく、それ以外に、明らかに軽輩らしい若い者が十二、三名、動き易いように、壁にへばりつくように立たされていて、三郎はそこに組み込まれました。

そして簡単な説明があった直後、正門前で五ツ半（午前九時）の柝《き》が打たれて門と役所玄関とが開けられ、次々と来た人々が個別に相談を始め、そろばんの音があちこちで鳴り出します。

それから間もなく、来客と接していた係の人がスッと手を上げた合図によって、その人に一番近い壁際に立っていた者がその人の所へ行って、用件を指示され動いて行きます。

三郎にもすぐにその役がやって来ました。

「お、新顔やな。この書き付けをイの印の席へ持ってって返事貰《もろ》て来てくれ」

それは一番奥の席でした。そこへ届けて返事を待っている三郎に、隣の席の人が小声で尋ねました。

「お前、名前は?」

「はっ、金岩三郎と申します」

「おお、平さんの息子か、顔がよう似とる」

その時返事を渡されたので話はそれまででしたが、これで気持が一度に楽になり、以後は次々と手が上がるのを喜んで貰いに行き、立ち止まっている間がないほどでした。

この歩き回り役や前列の方の役は連日勤務でしたが、半数以上の人は、一日又は二日交代らしく、その人たちの中にやはり父を知っている方がいて声をかけて貰い、三郎は目に見えてやる気を増していきました。母や作じいがそういう報告をどんなに喜んでくれたか、言うまでもありません。

こうして早くもひと月、あっという間に過ぎて、三郎が少し疲れを感じるようになったある朝、役所の前で待っていたらしい年上の三人組に、裏庭の方へ連れて行かれました。

「金岩、貴様えらい目立ちがりやなあ」

「わしらをダラにしとるがでないか」

「痛い目に会いとなかったら、もっとへっこんどれ。いいな」

三郎は驚いて平謝りにあやまってその場は許して貰えましたが、いざ仕事が始まってみるとハッキリ指をさして用を言い付ける先輩もあり、それを無視することなどとても出来ません。

その三人組は、指名されてそっちへ行こうとする三郎の前へ足を出してつまずかせたり、届けにいく書類を素早くはじき落とし、慌ててそれを拾おうとする三郎の指先を踏みつけたり、さまざまな嫌がらせを毎日一、二回必ず仕掛けられました。

こうして勤めだして二た月もするうちに、三郎がすっかり活気を失なって来たのを見て、作助じいがそっと訊きました。

「近頃何やらお元気がなさそでごぜますけど」

「……」

「出しゃばった当てずっぽやけど、お役所で何かいやーな目に会うとられとるがで」

「うん。実はなあ、じいや……」

と打ち明けた三郎の話を聞いたじいやは、

「そんな目に会うとられっとはちょっこりも知らんで申訳ごぜません。こりゃやっぱり村上様にご相談されたらいいがんないですけ」

「そやな。やっぱ、伯父上やな」

そこで訪れた村上伯父の答はこうでした。

「ふむ。珍しもない、ようあることやが、あそこに勤めてどれだけになる？」

「もうじき三月です」

「そんならあとひと月、お前が辛抱できりゃそんな嫌がらせはのうなるな」

「何でです？」

「多分そいつら余所へやられるからやが、それよりもお前がもっとひどなるそいつらの仕打ちにどんだけ我慢できっかや」

「わし、我慢します。負けません」

「そうか。その覚悟ならすすめたい事がある」

「教えて下さい。何でもやりますさけ」

「よし。では申そう。剣道の道場へ通うことじゃ。このすぐ近くの三番丁に藩のお家流である関流の道場があるが、どうじゃ」

「はい。行かせて下さい！」

というわけで三郎の道場通いが始まり、あの三人組のいやがらせは外の相手に移っていき、道場は、お算用場勤めに次ぐ大事な修行の場になりました。

道場へ通うようになって三月ほどするうちに三郎が痛感したのは、何よりも自分の足腰の弱さでした。何かよい方法がないかいろいろ迷った揚げ句、道場の師範代に尋ねてみたところ、こんな答が返って来ました。

「たしかにそなたはもっと足腰を鍛える必要があるな。勤めの行き帰りするにも大回りして早足で歩くこと。休みの日には、山歩きをすることや。心持ちもでこうなるし」

そして、自分が山へ行く時に持って行く山刀も見せてくれましたから、その翌日が勤めの休み日だったのをよいことにして早速山刀を買い求め、足ごしらえもしっかりして鈴見の方へ出かけました。

夏の里山は、緑の木々が日光を浴びてキラキラ輝き、さまざまな鳥の声が賑やかです。細い山道を何の目当てもなく大股でぐいぐい上って行くうちに、いつの間にか三郎の少し前を一匹のけものが歩き出しました。時々振り向くその顔付きといい、目つきの鋭さといい、ふさふさ揺れ動くふんわりした尻尾といい、かつて村上家で見た本に描かれていたキツネぴったりです。

「道案内か、キツネ坊。それともわしを若造と思うて化かしに来たがか」

などと話しかけながら、気分よく歩いて行くうちに、そのキツネがいきなりピョーンと横っ跳びに繁みに駈け込んで、忽ち見えなくなってしまいました。

本当に消えたという表現がぴったりです。

（はーん。猟師でも来たがかも知らんな）

そう思いながら歩いていくその前方から、木をどっさり背負った男が降りてきました。

「これはお侍さん、どちらへいらっしゃる」

「いや、当てもない山歩きやが、この先見晴らしのよい所はあるか」

「もうちょっこ行くと分かれ道があっさけ、そのせばい方いくと眺めもようなっし、角間から田上へ脱けたらいい」

「分かった。そうしよう」

「ほんなら気ぃつけてな」

念のためにすれ違いざまにその男の尻を見ましたが、普通の人の尻でした。

そこで言われた通りの道を進んで行くと小立野台地がよく見えたので、湧き水でのどをうるおしながら一服し、角間という集落近くで母が持たせてくれた握り飯を食べ、寝転んだとたんにぐっすり眠ってしまいました。そのうち目をさましたところで考えました。

（今日は初日やし、この辺で切り上げよう）

そこから谷川に沿って下って行くうちに浅野川にぶつかり、そこからは目をつぶってでも行ける道でした。だから、家に戻り着いた八ツ半（午後三時）にほっと一服した後、足がすっかりこわ張ってしまい、夕方風呂に入った時に自分で充分もんだのですが、朝起きてから家にいる時も、お算用場にいる時も、足が痛くて大変でした。

その次の休日にはあの谷川沿いの細い道を遡って行き、角間から初日の逆の道を行ってまたあのキツネと出会い、しばらく隠れんぼをし合って遊んだりしました。

また、卯辰山の奥へ行った時にはサルが突然現れて、こいつはキツネと違って歯をむき出しにして闘志を示し、少しでも隙を見せたら跳びかかって来ようとしますから、腰に差した山刀に軽く右手を添え、いつでも抜くぞという構えを示しながら通り過ぎねばなりませんでした。こういうサルには野田山から内川へかけての里山でも時々出会うことがありました。

一方で、冬の山の雪道ではキツネやタヌキ、野ウサギやさまざまの鳥などの足跡を見る楽しみがありました。とりわけけもの中で風変わりなのはウサギの足跡で、それを辿って行ってどこに隠れているか見つけることもできるようになりました。

そうなるとそれをつかまえたくなり、小さい弓が役に立つと知って作じいにそれを作ってもらうと共に扱い方も習い、何度も失敗を重ねた末に、とうとう一匹仕留めた時には当然夕食にその肉を焼いて食べ、作じいたちも含めて家族中で「おいしい！」を言い合いました。

そしてそれ以来、雪が積もっている間は毎年三回ぐらい三郎はウサギを家へ持って帰るのが恒例になりました。

また、夏場には、町はずれの村々の畑で、イノシシをみることもかなりありました。彼らは村人の畑の作物を根こそぎ食い荒すため人々の嫌われ者でしたが、大きい奴は足は短くても体は馬ほどもあって、うっかりしていると人間にも向かって来ます。だから三郎もイノシシがよく出ると村人が言っている辺りの山道は、用心して歩くようにしていたのですが、歩き始めて三年目、二十歳の秋口でした。

暑からず寒からずのよい天気だったし、歩きなれた道だったので、気持よく鼻唄まじりでさっさと歩いていると目の前にいきなり大きな奴が出て来たかと思うと、三郎目がけて猛烈な速さで突っ込んで来ました。そして、あっという間もなく三郎を軽々と鼻の先で跳ね上げました。

以前の三郎だったら、地面にドサッと倒れ落ちてその鋭い牙で突き刺されていたのでしょう。しかし、三年近い道場通いと山歩きで鍛えた体がひとりでに反応したらしく、飛ばされると同時に、左手でイノシシのゴワゴワの毛をつかむなり空中で体をひねり、太い背中に馬乗りになると共に腰の山刀を抜いて体を伏せ、イノシシの腹にブスッと突き刺してまっすぐ引き裂きながら、左後ろに転げ落ちました。それでも走り続けていたイノシシは少し先に大木にぶつかり血に染まりながら倒れてしまいました。

その断末魔のけたたましい悲鳴に、村人たちが手に手に竹槍や山刀、鍬《クワ》など、得物を持って駈け付けて来るのを避けるようにして三郎はその場を立ち去りました。そして、途中にあった小川で、山刀をはじめ手足や脚絆などを念入りに洗ってから帰ったのですが、血の匂いは消えなかったらしく、帰るなり作じいに何があったかしつこく問い詰められました。それは何とかごまかしたものの、その晩はあの襲われる場面を何度も夢に見ました。

それ以来その村近くへは二度と行きませんでしたが、噂によると、金沢から二里近くも離れたその村では、皆が困り切っていた大イノシシをある日烏天狗がやっつけてくれたという伝説ができたということでした。

こうして山歩きを始めて四年余り経った一月の半ばでした。

東山の裾を回って大樋の先で山道に入り、山の上の春日さんから西に向かう何十遍も通った雪道を歩いて行く途中です。

近くの茂みからバタバタバタと飛び立った鳥が、三郎の前方を横切って行き、崖下の吹き溜りの雪の中にスポッと頭を突っ込んだきり、パタリと動かなくなりました。

(ははーん。頭隠して尻隠さずのお手本やな)

三郎は足音をしのばせてそこへ近づき、両手でぐっとつかみ出して右手で首をキュッとひねっただけで、鳥はあっけなくあの世行きでした。

丸々と太ったキジの雌、山鳥でした。これはよい土産ができたなとまた鼻唄まじりで歩いて行くうちに、もう一羽同じことをする奴がいて土産は二羽に増えました。

（昼前の吹雪のせいで遅めに出たのが吉とでたがやな）

それで観音院の前へ降りて来たのでお礼のお参りをし、その下の観音町を歩きだして間もない所でいきなり呼び止められました。

「お、金岩やないか、そのうまそい山鳥、観音さんにでも貰て来たがか」

それは以前近所にいてよく遊んだ、三つ四つ年上の幼な友達でした。

「こんな所でバッタリ出会うたがもご縁やぞ。その山鳥を肴にして、その辺で一ぱいやらんか」

どうしようかと思いましたが、どうせちょっと寄り道するだけだと三郎が同意すると、横町に入った小さな飲み屋へ連れていってくれました。

そこはその人のなじみの店らしくおかみが親しげに迎えてくれ、久しぶりの再会ということで一杯また一杯と上手にすすめられているうちに、三郎はしきりにあくびが出て来ました。そのせいか、

「こんな所で寝たら外の客の迷惑やし……」

とか言う声と共に、体を支えられて奥の方へ連れて行かれたところまでは、ぼんやりとおぼえがあるのですが後は何も分からなくなりました。

それからどのくらいたったものか、ふと気がつくと自分はきれいな布団の中にすっぽだかで寝ており、しかも自分の横にぴったりくっつけて女の人が寝ていたのです。

それから先は文字通りの夢のうちで、やがて障子がうす暗くなっていましたから、こうしてはおられないと起き上がり、さっき来た時に自分が着ていた物が枕許にあるのを見て着ようとしたら、一瞬早く女がそれをパッと先取りして抱え込み、次にいつ来るか言わなければ渡さないと言うので、三日以内にと答えてやっと着ることができました。

それから裏口を出て材木町に帰り着くまで、全く生まれて初めての体験に三郎はずっと夢心地のままでした。

この日を境にして三郎の生活は見る見るうちに変わっていきました。

勤めに行っていてもボンヤリしていることが多くなり、休みの日の午後の山歩きも早めに切り上げてあの店へ行くようになり、道場へも通わなくなりました。

作じいも母も三郎がどこに通っているかすぐ分かりましたから、二人で相談した上で母が毎月渡している小遣いをぐっと減らしてみました。すると、家に何代も前からある置物や掛軸などを質屋へ持って行ったり、古道具屋へこっそり売りに行ったりしました。

そして、それを作じいから厳しく注意されると、こんなことまで言う仕末でした。

「こうなったらしゃあないし、金のあっ所《とこ》行って来っか」

「若、冗談でも言うてならんこと……」

「そう言や、さっき静明寺《じょうみょうじ》ででっかい葬式やっとったな。あんだけなら香奠もよっぽどたんと集まったやろし、ちょっこ分けて貰いにこっそり行ってみっか」

「ああ、若……」

母が奥の仏壇に燈明を灯して、涙ながらにお経を上げる、悲しみ溢れる声が流れていました。

そうして、享保三年早春のある朝、ばあやが、いつになく起きて来るのが遅い作じいを見に行くと、この十日程で急激に痩せて来ていたじいが、冷たくなっていました。


その間、馬場五番丁の村上家では、ひと月ほど前から材木町の音信が途絶えているのを無事な証拠と気にもせず、老いて益々元気な源左衛門は、読書三昧の日々を送っていました。

そして、金岩家で三郎が乱れに乱れて家中がやり切れない空気に沈んでいた夜、聞こえて来た時鐘の音に本から気持が外れました。

（……七つ、八つ。草木も眠る丑満つ刻か。では、拙者もそろそろ床に就こうか）

と口の中で独り言《ご》ちたとき、この離れの外に人がいるような気配がしたかと思うと、入口の戸がスーッと開いたような音がしました。

（こんな深夜に何者じゃろう）

行って見れば外の地面に老人が一人ひれ伏しています。

「何者じゃな？　かかる夜更けに」

と言いながら手にしていた灯を向け、

「おお、材木町のじいやではないか。何か急用でも命じられたがか」

と身を乗り出す源左衛門に、じいはやはり顔をうつむけたまま懐から書状を一通取り出して源左衛門に差し出しました。それで、手に持っていた灯を床に置いて書状を受け取って開けてみると、ヘビがうねったような筆づかいで次のように書かれていました。

――私がお仕えしております、金岩家の三郎様は、この三月ばかり、東山の商売女にうつつをぬかしておられ、手前がどのようにお諫めしても一切耳を貸そうとなさいませぬ。父君は江戸にお勤めですし、お頼りするのは貴方様しかありませぬ。どうか三郎様をお救い下さいますように。

（そう言えばあいつに三月近くも会うておらん、よし分かったぞ）

と言おうと思って作助の方を見ましたが、いつの間に消えたのかその痩せた姿がみえません。何はともあれ明朝早速乗り込んで行って、あの若造をこらしめてやろうと決心した源左衛門は、その書状を丁重に文箱に仕舞って眠りの床に就きました。

そして明くる日、朝飯もそこそこにして金岩家へ向かった源左衛門、入ってみると妙にシーンとしています。

「作助、源左衛門が参った。どこにおる！」

その大声に転がるようにして出て来たばあやが、おろおろ声で答えます。

「これはこれは村上の旦那様……」

と言った切り泣きくずれる後を、三郎の母がつなぎます。

「昨夜半亡うなっておったことが、つい先程分かりまして……」

（いや、何というやつれ様じゃ、この母親も。こういう状態じゃから、あいつめ、幽霊になって拙者に訴えに参ったわけか）

「それにしては三郎の姿が見当らぬが、あいつも一緒に亡うなったのか」

「いえいえ……まだ、眠って……」

「ここへ呼べ、ここへ……」

（たしかにじいの言うとおりじゃったな。じい、しっかり見届けてくれ！）

しかし、じいが書き残した通り、起こしに来た母の言葉など無視しているらしく、道楽息子は一向に現れません。

（よしよし、これこそこっちの思う壺）

と庭に回って縁先に腰を下ろし、下女が出してくれた番茶を飲んでいる所へ、髪をぼさぼさにした三郎がようやくのっそり出て来ました。

「これは、伯父上、こんな朝早らと、何のご用で……」

「うむ。何か月もそなたの顔を見なんだ故、久しぶりに一杯やりとうなってな」

と言うが早いか、左手に持っていた茶碗に半分ばかり残っていたお茶を、三郎の顔を目掛けてパッと浴びせかけました。

「ムムッ……ペッ、ペッ。な、何をされる！」

「ほう。こんなお茶を除けることもできんほど、勘も鈍うなったか青二才」

「ウーム……」

「くやしかったら、この茶碗取ってみい」

と左手をズイッと突き出しましたから、三郎も素早くその茶碗を払い除けようとして右手を伸ばしました。それを待っていた源左衛門は左手をスッと引くと同時に右手に握っていた扇子で、

――パシッ！

「痛ッ！……」

「ふん。口ばかり達者になって、その分、腕はガタ落ちか。道場へ何を習いに行っとったがや、このろくでなしが」

そう言いながら縁側の片隅に放り出してあった木刀をつかみ、まだ手首をさすったり指を伸ばしたり縮めたりしている三郎にポンと投げて、自分はすっと庭に降りました。

「参れ三郎。わしと一本勝負じゃ」

「ほんならもう一本木刀持って来んと……」

「いらん、いらん。お前相手ならこの扇子でもぜいたくなくらいじゃ」

「畜生！　よくも重ねがさね人をダラにして！」

と言い終わらないうちに切りかかった三郎でしたが、振り下ろした木刀は扇子で軽く遠くへはね飛ばされると同時に、足をはねられてバッタリ倒れた背中を力いっぱいギューッと踏み付けられ、まるでカエルのように地面にうつ伏せにされてしまいました。

「こんなだらしない弱虫な男を、しっかりした女がまともに相手になんかするもんか。情無いのう。平助が今のお前を見たら、立ち所に勘当するじゃろのう」

この最後の言葉に、押しひしがれたままの三郎が独り言のように言い返します。

「ふん、あんなクソ親父、お袋が何遍手紙書いてもほとんどナシの礫《つぶて》、きっとあっちでいい女と仲良う暮らしとんがに決まっとるわい」

それを聞いたとたんに、三郎の背中を押さえつづけていた足を外した源左衛門は、怖いほど思い詰めた見幕で言いました。

「よしっ。二人共そのまま仏間に入れ。わしからずっと黙っていた重大な話がある」

この一言によって仏壇の前に神妙な顔で坐った母と息子を前に、源左衛門は落着いた口調で話し始めました。

「月日の経つのは早いものじゃとよく申すが、ここの主人平助がこの家を出ておよそ十五年じゃ。あいつの身になって振り返ってみれば、江戸桜田の浅野御本家七十六万石御当主の奥方付賄方頭として赴任したのは、浅野の分家である赤穂藩の浪人四十七士が見事に主君の仇を討って切腹を命じられて僅か二年後じゃった。その仇討の事は存じておろう?」

「……」黙ってうなずく一人、遅れて一人。

「平助が赴《おもむ》いたその頃、当の奥方様である節姫様は、罪によって切腹された浅野内匠頭様の奥方で実家に戻っておられた瑤泉《ようせん》院様と、まるで実の姉妹であるかのように親しうしておられたらしい。それにともない瑤泉院様があの義士たちはじめかなりの数の元藩士の家族のことをあれこれご心配なされる。そのお気持が安芸御前様と呼ばれる節姫様にそっくり伝わり、姫様はそれらの方々への金銭上のご援助なども、全く内密にこっそりとなさっておられたらしい。

とは言うものの安芸御前様ご自身が勝手にお屋敷を出るどころか、内密の用事など出来る筈もない。そうなると絶対に信頼できる部下が必要になる。つまり、いつも自由に上屋敷を出入りできて、御前様と毎日お会いしていても怪しがられず、そうして御前様直属の相談役、兼ご勘定役、兼お使い番の役目をこなせる者、それが誰か、もう見当がついたじゃろう？　三郎」

「そ、それが、父上、でございますか？」

「そうながじゃ、平助がその役を果しておるがじゃ」

「し……信じれませぬ……」

「うむ。無理もない。

実は去年の秋、わしが室鳩巣《むろきゅうそう》先生に御著書『赤穂義士伝』の件で江戸へ参った折り、平助にひと目会い度いと思うて連絡をとろうとしたんじゃ。ところが、あいつめなかなか会う時間がとれん。

ようよう、ほんの少しの時間会えた時、何をそないにお前ばっかに用が集まっとるがじゃと問い詰めたら、そっと耳打ちするみたいにして今言うた通り教えてくれたがじゃ。

安芸御前様もえらく頼りにして下さるらして、そん時二、三人お会いした安芸藩のお屋敷の方々も、あいつには感心し切っとったよ」

「村上様、それで合点がいきました。年に一、二度、旦那様から少しまとまったお金が届けられとりました」

「ああ、それも言うとりましたぞ。あちらの用人様からくれぐれも内緒にというて渡されるのを、そんぐりうちへ送っとると」

「母上、そのお金はどのように使われたがですか」

「あなたの嫁取りの費用にと思うて、ちゃーんとまたいて（しまって）ありますよ」

「む……」

「ああ、も一つ、あいつは言うとった。加賀藩からは五年目以降ぐらいから何度も平助の交代を安芸藩に申し入れたが、その都度姫君様、つまり安芸御前様が、もう二、三年と云うてお断りなさるため伸びのびになっとったが、それもそろそろ限界らしいから、もうちょっこ辛抱してほしいちうとった。どうじゃ、三郎、これで目が醒めたかな」

「ハッ。伯父上、それに母上、これまでまことに申訳ありませんでした。父上の名を汚さぬ様、この三郎左衛門、本日を以て行いを改めます」

「実はのう、ここへ説教しに行って下されと昨夜、作助じいが頼みに参ったがじゃ」

「ええっ？　作じいがですか？」

「うむ。あいつの魂も、どっかその辺をフラフラしながら喜んどるじゃろ」

そうして、この夏、この源左衛門の仲立ちで、三郎も妻をめとることができたのでした。

第七話　壮士水入りの夢舞台

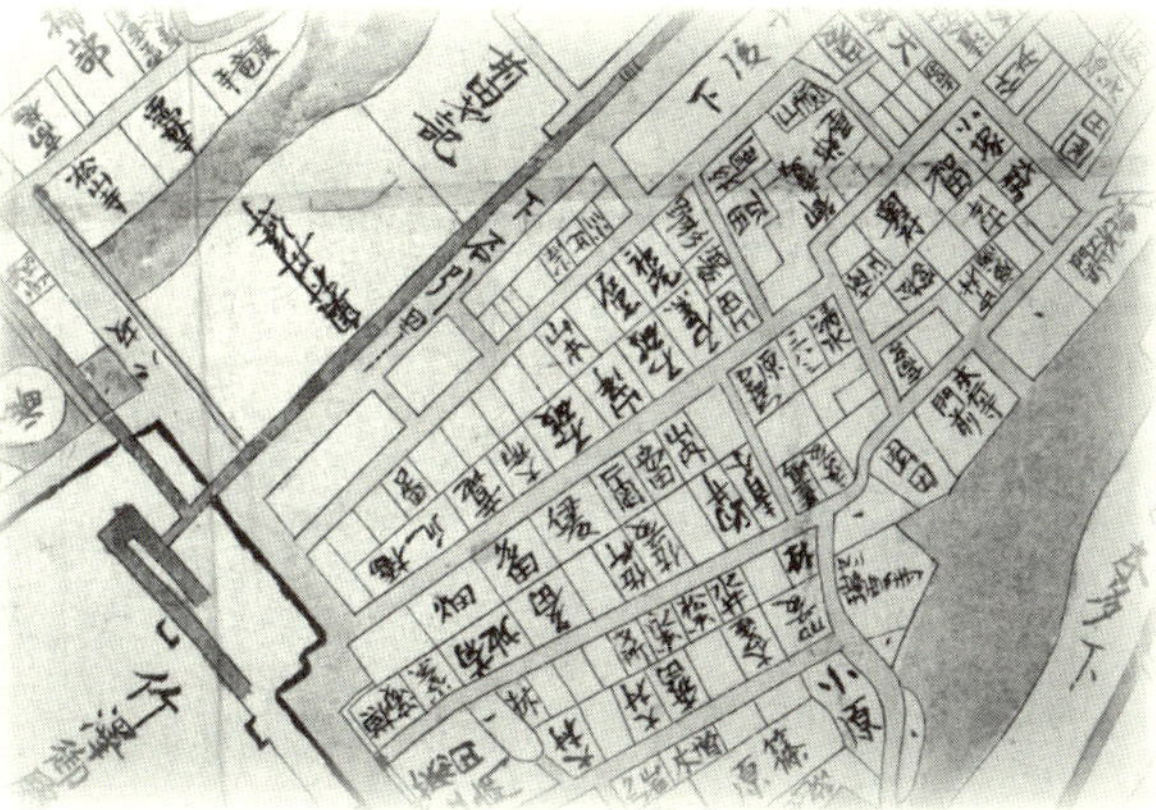

「のう島崎屋。犀川には拙者及ばずながら、十歳になるかならんかの頃から、数え切れんほど釣りに通うておるけれど、あのようなやくちゃもない（とんでもない）奴に出合うたがは、掛け値なく生まれて初めてじゃったぞ」

目をキラキラさせてこう語り出したのは、出羽町一番丁（現下石引町、本多の森ホール入口付近）に住む六十一歳二百石の元書物役、今は楽隠居の山本源右衛門基庸《もとつね》です。

享保二年五月十六日、西暦で言えば一七一七年六月二十六日、北陸では、梅雨の真っ最中でした。

「幸いなことに、ご当主綱紀《うちのとの》様は昨年七月からお江戸へ行っておられて、拙者への唐突なお呼び出しもないところから、今こそ鬼の居ぬ間の命の洗濯とばかり、昨日十六日、梅雨の止み間を見てアユ釣りに出かけたわけじゃ」

源右衛門は、前田家五代藩主綱紀侯に仕えて、そのお若い頃から学問上の師匠役あるいは相談相手という立場でした。だから綱紀侯が金沢におられる時は遠出をするわけにもいかなかったのです。

それで昨日ちょっと遠出をしたところ、全く思いもしなかった出来事があったため誰かに話したくてうずうずしていました。そこへやって来た南町に店を持つ表具師島崎屋吉平衛こそ、飛んで火に入る夏の虫でした。

その夏の虫が話の進め役を買って出ます。

「で、お師匠様、そのやくちゃもない目にお会いになったのは、犀川のどの辺りでございみすけ」

「本多町を通り抜けて川上新町辺で川原に降り、ちょっこずつ川を遡って釣ってって、大桑橋を通り過ぎ、かなり行って流れがぐぐっと向きを変える、その崖下に鱒《マス》ケ淵ちう淵があるがじゃ。水の流れが一気に鈍うなり、人の背丈の二倍も三倍もあるくらいに水が深う淀んどる釣場ながじゃ」

「ああ、その淵の名前なら手前も聞きおぼえがございみす。で、どうなさいみした?」

「久しぶりにそこへ行ったもんで、ここならよっぽどでかい奴がおるにちがいないと思うて、竿の先をじーっと見とったが、ピッピッと当たりはあったものの、それきり寄りつかんよになってピリッともせん。

ま、こんな時もあるさと気を抜いて、ホトトギスやらカッコウなんかの澄んだ声が、両岸のかなり切り立った山々からよう聞こえて来る。おまけに黄セキレイが水面すれすれに飛び始めた」

「さすがはお師匠、そこでやおらご愛用の矢立と帳面を取り出して、さらさらと一言、筆を走らせられた」

「いやいや。たしかに矢立も帳面もいつものように持って行ってはおったのじゃが、何やら一天にわかにかきくもり、辺り一帯がしきりにざわめいて参った」

「すると、その水面をガバリとかき分けて、カッパがにゅっと現れたというわけで?」

「いいや、カッパでもなければ水面からでもない。現れたのは年の頃二十二、三歳、壮士という表現をピッタリ絵がいたような颯爽とした若侍じゃ。

いつの間にやら突然現れて、淵の中央を見詰め、水際に向こうてのっしのっしと歩んで行く。何やら余りにも思い詰めたる様子故、拙者も釣竿など打ち捨てて素早く身を動かし、すぐ近くにそびえておるケヤキの樹の背後に身を隠し、いかなることになり行くものか、そっと見守ることにしたわけじゃ」

「と、おっしゃるところを見ますと、そのお侍は師匠ご存じのお方」

「いいや。拙者もお顔を拝見しようと思うたのやが、菅笠をこっぽりと被っておられるばかりか、後ろ姿のみでは見当もつかん。とは言うものの、その方のお召物やお腰の物が、そんじょそこらの物ではござらぬがじゃ」

「ほう、どのようなお召物で?」

「聞いて腰抜かすなよ島崎屋。上はこの季節にぴったりにちりめんの単衣《ひとえ》をさらりと召され、袴は目にも鮮やかな縦縞模様がすっきり浮き立つ、川越平《かわごえひら》よ」

この川越平というのは、その名の通り埼玉の川越町（現川越市）特産の絹織物で、遠目にもくっきり際立つ縞模様として、全国的に知られていた高級品でした。この袴と言い、ちりめんの単衣と言い、どちらも極めて高価な織物でしたから、百万石の加賀藩でも余程身分の高い侍しか着ることができず、町の中でこんな袴を着こなしている姿など、めったにお目にかかることさえないほどでした。

ですから、この一言でぐっと身をのり出した島崎屋が尋ねます。

「では、お羽織もちりめんで？」

「申すまでもない黒ちりめんのお羽織で、その紋所、これをそなたは聞きたかったがじゃろう、見たとたんにわが目を疑いとうなった、色鮮やかな梅鉢のご紋やったがじゃ」

「……」

と、さすがに島崎屋も溜息をつくばかりです。

「お腰の物もこの紋所にふさわしく、大小共に細身のお刀で、金銀の見事な細工が入念にちりばめられた業物じゃった」

「で、お供は？」

「うむ、余程お忍びの遠出であられたがじゃろう、濃紺の上っ張りを着たお供がこの場では一人だけじゃった」

「そ、それからどのように……？」

「水際までためらうことなく進まれたそのお方は、お供の者を傍らに呼び、恐らくその場を離れずにじっとしておれと言われたがじゃろう、一言耳打ちをされ、改めて水面を見つめて気合いを入れたかと思うと、底打ちがしてある金剛草履を履いたまま、淵の中へしずしずと入って行かれた」

「羽織も袴も着たまんまですけ」

「うむ、着たままじゃ」

「そのいさどい（立派な）お刀も差したまんま？」

「ためらう身ぶりなどいささかも見せずにな」

「そんなダラな……旦那も何もせんと眺めておいでたがですけ」

「うむ。今になって思うとあれよあれよという間の出来事やったし、余りにも信じられない光景じゃったから、金縛りに合うた感じやったがじゃろう。

　ぐいぐい進んで行かれたそのお方は、胸まで水に浸かったところで足元が滑ったらしく、大きくよろけられた。それを見て拙者もパッととび出たのじゃが、まるでそれを待っておったかのように、

――ピカーッ！

――ゴロゴロゴロ、ズシーン！　ズシーン！

猛烈な雷鳴がとどろいたかと思うと、文字通り盆をひっくり返したような強烈極まる土砂降りとなってしまい、辺り一面まっ暗になってしもうた……」

「それでお師匠様はどうなされたがですけ。そんなおとろしいにわか雨やったら、じきに鉄砲水ぁ来るでしょうが」

「それくらい、わしかて百も承知じゃ。ちょっこりでも早よらと高みに行かんならんと思って、遮二無二斜面をよじ登って行って、呼吸《いき》が切れて倒れそうになったとこで、やっと雨は止んでくれた」

「それは何よりでしたけど、それからまた引き返したりはなさらんかったがでしょう？」

「ああ。辰巳から土清水《つっしょうず》へ山並みの上の方を抜ける、あの道の入口に来とったし、それにそこからは西に沈み始めたお日さんがま正面に見えたさかい、ここは三十六計やと思うてな、お日さんと競争して戻ってきたわけじゃ」

「いやあ、まことに大変な目に合われたけれど、お怪我ものうて、何よりでございみしたね、お師匠。お宅の皆様方におかれても、一部始終をお聞きになってさぞかしびっくりなすったでしょう」

「うむ、それ、なんじゃがの……一応あらましは黙って聞いてくれたがじゃが……」

「ほう、どうやら、身を入れて聞いてはもらえなんだわけで？」

「倅は何やら難しい顔して最後まで聞いてくれたんじゃが、女房や娘共はどっかで昼寝して夢を見たがやろうとか、アユが釣れんかったさかいに帰りに考えたほら話やろうとか笑いくさって、ろくに聞こうともせんかった」

「なるほど。それで手前の顔を見たとたんにまたとないカモが現れたと思われたがでしょうが、ただもう一言。そのお方についての、肝心のお話が残っとるがでございませんけ」

「そこなんじゃゃ島崎屋、実は拙者にもその肝心なことがさっぱり見えて来んもんで、どうしたもんかと困っとるがじゃ」

「これはお師匠様、そこまで言うていただいて、ごもったいないばっかりでございみすが、手前の店にお越しいただいておりますり旦那方に……」

「いや島崎屋、それは勘弁してくれぬか。

この手の話は人から人へと伝わるうちに尾鰭がつき、針小棒大になる怖れ、なきにしもあらずじゃ。ましてや前田家のご紋所が入った羽織をお召しの方となると、ぐっと範囲がせばめられ、藩侯お血筋のお方の名前が取沙汰されかねないではないか。そうじゃろ島崎屋」

「へい、ごもっともでございみす。では、このお話のことは手前の胸に納めて、他言は決してしないことをお約束申します」

「うむ。もう少しはっきりしたら、必ず知らせるからの。

いやあ、いろいろご多用の中を、このぼけ老人の長話によくもつき合うてくれて、衷心よりお礼もうす」

と、深々と頭を下げる源右衛門でした。


このように、南町の表具師が来訪して、源右衛門が語る前日の話を辛抱強く聞いていってくれた日の昼下がりです。

その島崎屋のせいで気持が和らぎ、以前から何人にも頼まれていた書の揮毫を一気にすませた源右衛門は、ちょっと気晴らしがしたくなり、こんな時によくやって来る、自宅近くの見晴らしのよい所に足を向けました。

今年の梅雨は昨日のあの雷雨で一区切りするのでしょうか、小立野台のこの小高い地点に立つと、犀川をはさんだ南西方向に、長雨に濡れて緑一色に染め上げられた野田山が、なだらかに横たわっています。

あの山は、前田家代々の藩主とそのご家族を筆頭に、由緒ある重臣たちの先祖代々の墓が集まっている、この城下町金沢の聖地です。

更に源右衛門にとっては、三十年前その書道の才能を一段と磨くために京都へ赴いた三年間、明けても暮れても眺めて古里をしのんでいた、

——布団着て寝たる姿や東山

の句がそっくり当てはまりそうな野田山です。

この聖なる山を見つめているうちに、源右衛門は自らの心に強く残っている十数年前のあの山での、ある日のことを、今日も当たり前のように思い出しました。それは、綱紀侯のお供をして、若くして亡くなられた、先代藩主前田光高様のお墓にお参りに野田山墓地へ参上した時のことでした。

寺町の南へ、人里をほんの少し離れただけなのにもかかわらず、木々の間に一歩足を踏み入れただけで身も心も清められる気がします。それというのも、ゆるやかな坂道を上り詰めたその奥に、苔むした石垣に囲まれて、歴代藩主が眠っておられる聖域があるからです。

その一画にある、光高様のお墓にねんごろにお参りをされた綱紀侯は、松の緑に包まれた静寂そのものの辺りを見回わしながら、呟くように申されました。

「百年後には余もこの地に眠っておるであろうな」

そういう意味のお言葉を耳にした源右衛門は、自らの体内深くから湧き上ってきた一首を、ためらうことなく持参していた短冊にしたため、独り静けさに浸っておられる綱紀公

に恐るおそる献上しました。

――君ここに千年の後のすみどころ

　双葉の松に雲かかるまで

侯はこの和歌が大層気に入られたらしく、江戸本郷邸内のご自身の書院を松雲書院と名づけられたそうでした。

こんなことをなつかしく思い出すにつれ、昨日のあの怪しげな出来事を何とかはっきりさせなければ、という思いを改めて強くした源右衛門は、しっかりした足取りでわが家へ戻り、離れの自室で茶を飲み始めました。

すると、そこへ、まるでこの機会を楽しみにしていたかのように、息子の源太がやって来ました。

「ただ今帰宅致しました」

「おう、ご苦労じゃったな」

「父上は今日もアユ釣りに出られました?」

「いいや、さすがに今日はまったくその気にもならなんだが、何かあったがか」

「いえいえ、ふと思いついてお聞きしただけですから、気になさらないで下さい」

このように、言葉づかいは大人びて聞こえますが、源太は今年ようやく十三歳。数年前に新たに設けられた新番組御歩《おかち》という、藩士の十代半ばの子息の中から、将来性の見込まれる十名ばかりの一人として去年の秋に選ばれて、藩主のお側に仕える者の見習に配当され、一般の藩士同様に勤めていました。

それで、見習として給料は分り易く言えば二百石の父親の約三分の一ほどもらえ、お勤めの日は、背丈に合った大きさの大小を腰に差し、紋付の羽織袴という格好で、大人のお供を連れていました。

しかし、それで空いばりをしたり、自慢したりすることは全くなく、とりわけ父に対する敬意は日がたつに連れて高まる一方でした。その源太が言います。

「父上、ちょっとお話したいことがあるのですが、今、申し上げてよろしいでしょうか」

さては昨日のあの件かと思いましたが、ここは我慢のしどころです。

「う、うむ。何なりと申してみい」

「実は、昨日お聞きしたあの犀川でのことを、今朝出仕してすぐご同役の面々に少し話してみたところ、やはり大層面白がられました」

「……左様か」

（やはりそうじゃったか、今朝出かける前に口止めしておくべきじゃったが、今となっては後の祭りか）

「で、やはり夢でも見たがやろうと一笑に付されたというわけか」

「昨日父上からお話をお聞きした時、私がまっ先に思うたのは、とてもあり得ないという判断でした。その私の思いが本日もあったせいか、ご同役衆も、外ならぬこの金沢のお城下で、そのようなこれ見よがしの格好をして、外を出歩く方がおられるとはとても信じられぬと、そういうご意見ばかりでございました」

「うむ、それは全く無理もない……」

「ところが、父上、ご報告したかったのはその後でございます」

(まだあるがなら、もったいぶらずに早う申せ)

「皆の言うことを黙って聞いておられたお一人が、ぽつんとこう言われたがです、皆が言うのはもっともなれど、外ならぬあの源右衛門様が見たとおっしゃるがやから、その前提で検討をしてみたらどうやろうと。それで、検討するに足る確かな手掛かりは何だろうかと皆で出し合いました」

「ほう。(さすがは粒よりの新番組御歩の衆だけある)で、出て来たことは?」

「はい、特定できる手がかりは、二十二、三歳ぐらいの侍であったことと、梅鉢のご紋のお方という二点でございました。いかがでしょうか」

「何を着ておったか、どのような刀じゃったという外見のみでは、それが何者かという決め手に相成らぬの」

「そこで、この二点にもとづいて当てはまりそうなお方を皆で話し合いましたところ、お一人だけ浮かんでまいりました」

「利章様《としあきら》じゃろ」

「やはり父上もお考えでござりましたか」

「幼名富五郎君《ぎみ》、元禄四年にお生まれになった綱紀さまのご次男じゃ」

「早うから川釣りがお好きで、犀川や浅野川のかなり山手まで、アユ釣りにお出かけになられたとか」

「うむ。そう言えばわしも何度もお見かけした覚えがあったが、今更言うまでもなく、お供の侍衆が四人も五人も回りを固めておったし、われわれは川原へ降りることさえ許されず、遠くから眺めただけじゃった」

「父上は、ひょっとしたら、昨日鱒が淵でそのお方の紋所をご覧になった時、利章君を頭のどこかで思い浮べられたがではござりませんか」

「うーむ。そなたにそう言われると、そうやったかも知れんな」

「父上、もう一つ、このような話もありました。富五郎君は、おん年十二歳で利章と名乗られて以後、宝円寺をはじめお寺や神社へご参詣の際、しばしば川越平のお袴をお召しになっておられたそうです」

「ああ、そう言われれば、いつぞや天徳院の前を通った折、町の衆がしきりに富五郎様や、利章様やと言うておったから、わしもそっちを見たら、ちらっとそのお袴が見えた故、何という派手な物を着ておられるなと思うたことがあったわい」

「やはりそのようなことがございましたか。それで余計に川越平の印象があって、鱒が淵でご覧になった時に強く目に映られたがかも知れません」

「こいつめ、まるで人相見か何ぞのような言い方をしおって」

「出過ぎたことを申し上げて、どうかお許し下さりませ」

「いやいや、何も出過ぎてなどはおらぬぞ、源太。そこで一言。その肝心の利章君は既に五、六年も前に大聖寺藩主の跡を継がれて、とっくに金沢を離れておられる」

「はい。そのことも今朝の話合いの席で指摘があり、その評定は打切りと相成りました」

「つまり、あれが何者じゃったかという点は分からずじまいであったたか」

「はい。それでお城からの帰り道にふっと思いつきました。昨日父上が鱒が淵で会うたその者は、利章君の影武者だったがではないでしょうか」

「ハッハッハ。よくもそこまで考えたものよと褒めてとらそう。しかしのう源太、戦国時代ではあるまいし、その影武者殿は少し出場所を間違えたがではあるまいかの」

「はい、手前も左様に存じます」

親しく話し合う父子の耳に、家路を急ぐらしいカラスの親子の鳴く声がとりわけ大きく聞こえて来ました。


その夜の明け方、いつになく源右衛門は夢を見ました。

犀川の上川除町の川べりで、一人ぽつんとアユを釣っているのです。

ググッと強い引きがあり、

（おっ、これは大物やぞ。うまいこと上げなきゃ……）

と慎重に上げてみて、がっかりしました。

毛針にべったり巻きついていたのは布っ切れで、毛針の毛の所にしっかりへばり付いているため、取り外すのに四苦八苦しましたから、それがどんな布地か確かめる気も起きず、外すなりその辺にポイッと捨てて、またすぐに釣り始めました。

川の水量はかなりあり、時々水底の石のかげから水面まで上って来て、パチッと音を立てるアユがいます。うまいことこっちへ来てくれんかと、流れに合わして毛針を扱っているうちに、又もや手応えがありました。

今度はアユ、それもかなり確かな獲物のようですから、次第に近くまで引いて来て、

クッと釣り上げたとたん、

「ええっ！……」

と絶句しました。

なんと、又もや上って来たのは少し長目の布っ切れで、しかも縦縞模様がクッキリ見て取れました。

何ということだと辺りを見回した目に、さっき投げ捨てた布が見えました。ちりめんの布地に丁寧に縫い込められた、梅鉢のご紋が光っていました。

肝のすわった源右衛門も、さすがにこのままアユ釣りを続ける気にもならず、かすんでいるような上流をぼんやり眺めているうちに、

——コケコッコー！　コッケコッコー……

と、耳元でひときわ大きくニワトリの声がひびいて目がさめました。

（今見たのが正夢ならば、あの壮士然とした若者はあそこで死んでしもうたがかも知らん。死んだあの男がわしを呼んでおるのじゃろうか。

いや、考えておるだけでは何も進まぬ。よし、朝のうちに今夢に見た犀川のあの辺りへ取りあえず行ってみよう。最悪の場合は、あの男の遺体をその辺で見つけることになるやも知れぬけどな）

そう考えた源右衛門は、善は急げとばかり、朝飯をそそくさとすまして家を後にし、あの見晴らし台のすぐ傍の大乗寺坂を下って下本多町を通り抜け、新竪町の端を横切って犀川べりに出ました。

どうやらずっと上流では夜のうちにかなり降ったらしく、やや濁った水が音を立てて流れています。早速川原を歩きながら思います。

（この調子じゃアユも流されまいとして川底の石ナにへばりついとるじゃろ。竿を持って来んで何よりやったわい）

そうして、何か流されて来ていないかと暫く歩いていましたが、目当ての物はありません。そのうちにふっと頭にひらめいたことがあったので川原から上り、川沿いの道から一列内側にのびる上川除町に入りました。

一見して分かる、足軽や武家の小者が住む家を含めて、屋根に丸い饅頭石を並べた小ぢんまりとした木羽葺《こばぶ》きの家が並ぶ間に、大工や木挽き、小間物屋などが点々とある、静かな町です。

（一軒ぐらいあってもいい筈やが、そう思うて探してみると、ていよう（さっぱり）ないもんじゃのう）

と、口の中で言いながら歩いていた源右衛門が、やっと足を留めたのは、「古手物商、中島屋」という看板がかかっている店でした。

中には、さまざまな衣類を中心に、ちょっとした家具や道具、小物などが、暮らしに必要な物何でもありますと言わんばかりにびっしり並んでいます。

源右衛門はその土間の片隅に、かなり使い古したらしい金剛草履が置いてあるのを見つけて思わず声を上げました。

「ほう、このような物まで売っておるぞ」

その声に、小がらな主人がやって来ました。

「探しとった物が何か見つかったがですけ」

着流しの単衣を着、小刀を控えめに差した下駄履きの源右衛門は、足軽か小者の隠居のように見えたのでしょう、気楽な口振りで話しかけて来ましたから、源右衛門もさり気なく答えました。

「見たところ品数もふんだんに揃えておられるようじゃが、こちらには川越平の袴なんぞはござらぬかな」

「えっ、か、川越平?……」

「突然おかしなことを申したようじゃが……」

と言って、次々と出入りしている客の方にチラッと目を走らせて、更に声を落して、

「それがし、小立野に住む山本と申す者じゃが、ご主人に折り入ってお願いしたい儀があってうかごうたのじゃ。手間はとらせぬ故、どこか奥の方で、少し耳を貸して下さらぬじゃろうか」

腰を低くして頼む源右衛門に、人のよさそうな主人中島屋弥平は早速おかみに店を任せ、のれんをくぐった次の間に源右衛門を案内してくれた後、にわかに目を輝かせて言い出しました。

「先ほどお名前を受けたまわった時は気がつきませなんだけど、あなた様はあの源右衛門基庸様ではございみしんけ」

「いかにも基庸でござるが……」

「いやあ、わざわざこんなむさくるしい所までお越しいただいて、天にも昇る心地でございみす。で、そのご用件は？」

とうながされて、一昨日鰡が淵での出来事と今朝明け方に見た夢を、ごくかいつまんで言った上で付け加えました。

「その若いお方が、あの大雨の後いかがなされたかが気になっておったのじゃが、今朝その夢を見たら、どうにも居たたまれのうなったがじゃ。

もしも何か手がかりになりそうなことがござったら、お教えいただけんじゃろか」

この源右衛門の話を、初めは興味深そうに聞いていた中島屋でしたが、夢の話になった時から顔つきが一変して血の気が引いていって顔を深く垂れ、両手を固く握りしめて何かを必死になってこらえている様子でした。

そのあげく源右衛門が話し終えると同時に、深々と礼をすると、ふるえ声で言いました。

「まことに怖れ入りますけんど、ちょっこしお待ち願えませんでしょうか、間ぁなしに戻ってまいりみすさかいに」

これはきっと腹具合がおかしくなったに違いないと思った源右衛門が、二つ返事で主人を送り出し、一人になってみると、物売りの声にまじってすぐ隣の店先でおかみと客とのやり取りが筒抜けに耳に入って来ます。

とりわけおかみと常連らしい女客とのきわどいやり取りなどは、普段全く聞くことがありませんから、すっかりひき込まれてしまいました。

そのうちやがて、何やらボソボソ呟くような中島屋の声が近づいて来たので、奥の方をみると、渋っているのを強引にひっ立てるようにして、しょぼくれた若者を一人連れて主人が戻って来ました。

「お待たせいたしました山本様。これは手前の兄の子で、十二の春から京都へ働きに行っとったがですけんど、十日ばかり前に十年ぶりにふらっと戻ってまいりましたがで、ちょっこり話を聞いてやっていただけんかと思いまして、これ、ぼーっとしとらんとご挨拶せんかいや」

とうながされたその男は、入って来た時と同じく、うつむいたままボソボソと何か言いましたが、くぐもっていて全く聞き取れません。

そこで、源右衛門の方から尋ねてみました。

「上方《かみがた》では何をしておった」

「へい……芝居の役者を……」

「ほう、これは珍しい。しかし、その様子からの推測じゃが、その方、親方から破門を言い渡されたがでないか?」

「へ、へい。今では手前がほんまに悪かったと思いますのやけど、そん時はかっとなってもうて……」

「うむ、かっとなって飛び出して金沢の伯父さんの懐に飛び込んで来たのは分かったが、そなた金沢でどうするつもりじゃった?」

「へい。金沢なら早うから能や狂言が盛んやそうやさかい芝居もやっとる筈や、その一座に入れてもらお、そう思うて戻って来たがですけど、ここへ着いたら金沢では芝居は禁止やったと気が付きました」

若者はようやくこの辺りから舌の動きがなめらかになり、すべてを正直に話そうという気になったらしく、源右衛門の顔をまっすぐ見てハッキリした口調でつづけました。

「伯父さん所へ来て初めてそれに気ぃ付いて、何か働き口がないもんか、商店や職人さんの所で使うてもろたんやど、小僧の半分も仕事が出来んがです。

ああ、わしゃ芝居しかできん阿保んダラやと思うたら、清水《きよみず》の舞台からとび降りるつもりで、花々しう死んでやれって覚悟しました。それで、何かぴったりの死装束がないか、この家の倉を探いてみたら、何よりの羽織袴にド派手な刀もありましたさかいに、こっそり風呂敷に包みました」

(左様だったのか、これは面白うなってきたぞ)

「そして一昨日となるわけか」

「はい。まずここの小僧にうまいこと言うてその風呂敷包みを持たせて、川上へ川上へと行ったところ、何よりの場所が見つかりましたので、その手前で衣裳変えをしてそろりそろりと降りて行きかけてふと見ると、釣り糸を垂れておられる先客がありました。

この場に及んで邪魔でもされたらどうしようかとためろうておりましたら、そのお人は木立のかげにお入りになりました故、これこそ天のお計らい。加賀丞《かがのじょう》、一世一代の晴舞台とばかり水中に足を踏み入れましたその瞬間から、京極の星雲座の大舞台で演じおります心境で、後は正しく夢の内。いざ大見得を切ろうとして両手をぐいっと左右に広げ、足を大きく踏ん張ろうとしたその一瞬を待っていたかのように、ズシーン！　バリバリバリーッと雷鳴が轟いたとたん、何が何やら分らんようになりました……」

「うむ。そうやってそなたが水中に引きずり込まれたるのを見た拙者は、余りの雨の激しさに怖れを感じ、高みを目指して逃げだしたのじゃが、そなたは、それから如何いたした」

「どないもこないもございません。あの一瞬で気を失のうたらしく、顔面を叩く激しい雨に気づきましたら水際に仰向きになって倒れており、怪我も全くしておりません。

今はこれまでと心機一転。ずぶぬれの衣類をすべて脱いで大小もひっくくるめてたすきがけに背負い込み、下帯一つで川沿いの路をまっしぐら駈け抜けて、この店に飛び込んだのは初めの風呂敷包みをしっかり抱えて戻って来た、小僧の一歩先でございました」

「いやあお見事、お見事。さすが加賀丞ならではの一席でござったが、その、あの世行きの瀬戸際から二晩過ぎた今この時、はずみで飛び出して参ったという、その親方の許へ戻る気持ちはまだお有りかな？」

「はっ。七重の膝を八重に折ってでも、出直しのお許しをいただけましたら、死ぬ気で精進する覚悟でございます」

「うむ、よくぞ申した。ではここで持妙院様宛に一筆したためる故、それを持って持妙院様方へ参れば、必ず親方へお口添えして下さる。ついてはご主人、聞いての通りの締めくくりに、紙など一式直ちに用意して下さらぬか」

そう言われて急いで立ち去る主人を見送った源右衛門は、まだ顔をほてらせている若者にしみじみと話しかけました。

「わしが初めて歌舞伎なるものを見たのは、思い起こせば元禄の初め、今から三十年近くの昔、持妙院基時様のお供で星雲座へ連れて行っていただいた折りじゃった。それもご縁ならば、これもご縁。あの時淵に行っておったのが、拙者であって良かったのう。外の侍だったならば、狐か狸と思われて、怪しき奴めとばかり問答無用で切り捨てられたところじゃぞ」

「はっ、ご恩は死んでも忘れませぬ」

「いやいや、それはわしが恩を施したのでは決してないぞ。そなたはもともと運に恵まれとるがじゃ。今後どのような苦しい目に会おうとも、自分には幸運の神がついていて下さるがやと、挫けずに精進することじゃ」

「はっ。そのお言葉、決して忘れませぬ」

「あ、それはそうと、今思いついたのじゃが、そなた、自らの死出の舞台になぜあの淵を選んだがかな」

「それは、助六水入りの場に強くひかれておった故にござります」

「相分かった。かくて助六顔負けの、壮士水入りの場は目出度し、目出度しの幕引きと相成ったわけじゃな」

このひと月後、この店には「基庸書」と書き添えられた「古手物商、中島屋」の新しい看板が下げられましたが、これを入手したわけを聞かれても、主人は、こう答えるだけでした。

「ある日、釣りの帰りにひょこっとお立寄りになって、お茶がうまかったとおっしゃって……」

また、源右衛門も、息子源太や南町の島崎屋から後日談をいくら尋ねられても、まともに相手になろうとせず、

「お恥ずかしい話じゃが、ありゃ、夢やったかも知れんのう」

と言ってケロッとしていたということです。

主な参考文献

『咄随筆』石川県図書館協会・昭和四七年
太陽コレクション『金沢・北陸の城下町』平凡社・一九九九年
金沢市役所『稿本金沢市史　風俗編第二』名著出版・昭和四八年
金沢市図書館叢書（一）『金沢市名帳』金沢市立玉川図書館・平成八年
石川県史資料近世編（八）『諸士系譜』
井上雪『金沢の風習』北國新聞社・昭和五三年
鈴木雅子『金沢のふしぎな話』港の人　二〇〇四年
鈴木雅子『金沢のふしぎな話II』港の人　二〇〇九年
日置謙編『改訂増補　加能郷土辞彙』北國新聞社・昭和三一年

あとがき

これは、今から約三百年前に金沢のどこかであった出来事を、当時金沢に住んでいた森田小兵衛盛昌という藩士が書き残した、『咄随筆』という本に収められている七編を元にしたものです。

だから、当時町医者として知られた津田道順や、針師として藩主の最期にも立ち会った久保寿斉、茶道で使われる茶釜を作る有名な家柄宮崎寒雉の四代目の彦九郎、書家として京都でも知られた山本源右衛門基庸なども、それぞれの仕事を通じて出て来ます。

しかし、その外の大勢の登場人物は凡てごく普通の生活をしている町民で、原話では名も記されていないのですが、どの人々にも家族や同僚、知人友人がいて互いに支え合い、助け合って暮らしていました。そういう人たちが十万人も集まっていたのが当時の金沢だったということを私は書きたかったのです。

ところが、この原稿を出版元の奥平三之さんにお渡しして一か月後、脳梗塞によって右半身が動かなくなって入院、校正のゲラが届いたのはリハビリに努めている最中でした。どうしようかと動かない手を撫でながら読み返した私に、元気を与えてくれたのは作中の人々であり、思い切って校正作業を始めた私を励ましてくれたのは息子信一の嫁百合でした。そして、紙面に日一日とふえる朱字を見て、好奇心を応援の言葉にしてくれた看護師さんたちやリハビリの人たちでした。

おかげで入院三か月半で退院することができ、沢山の人の思いのこもったこの本を世に送り出すことが可能になりました。最後に終始平然と対応して下さった奥平さんとわが妻と息子夫婦に心から謝意をささげます。

二〇一六年六月

かつおきんや

かつお きんや

一九二七年、金沢に生まれる。金沢大学卒。

愛知県立大学名誉教授、元梅花女子大学教授。

『天保の人びと』でサンケイ児童出版文化賞、『能登のお池づくり』で泉鏡花記念金沢市民文学賞、『七つばなし百万石』で日本児童文学者協会賞をそれぞれ受賞。『かつおきんや作品集』(全一八巻・偕成社)『時代の証人新美南吉』(風媒社)ほか著書多数。

現住所/石川県金沢市笠舞一―一九―一二

先人群像七話《ななつばなし》――三百年前の金沢で

二〇一六年七月一五日発行

著　者　かつおきんや
発行者　能登隆市
発行所　能登印刷出版部
〒九二〇-〇八五五　金沢市武蔵町七-一〇
TEL　〇七六-二二二-四五九五
編　集　能登印刷出版部・奥平三之
デザイン　西田デザイン事務所
印刷所　能登印刷株式会社

ISBN978-4-89010-699-8